Gamze Öz

GIPFELTRIP

AF236297

Für Aleyna.
Jeder Traum soll für dich erreichbar sein.

Impressum

2.Auflage 2020

GIPFELTRIP ©2020 Gamze Öz

ISBN: 9783752628111

Herstellung und Verlag:

BOD – Books on Demand, Norderstedt

Lektorat: Luise Deckert

Korrektorat: Michéle Kapusta

Umschlaggestaltung: Torsten Sohrmann

Satz: Evelyn Zimmermann

Kapitel 1

Die Nacht ist vollkommen dunkel und mit dichtem Nebel überzogen. Wenn draußen die einzige Straßenlaterne aufleuchtet, der Nacht einen kleinen Funken Hoffnung schenkt, verstummt auch das Brummen der Autos. Dann bin ich alleine mit meinen Gedanken und dem Bellen des Nachbarhundes.

Ich lasse meine Kleidung hinuntergleiten, steige in mein Bett und ziehe die Bettdecke bis unter mein Kinn. Ruhe überkommt mich. Sie macht mich wirr. Unruhig.

Und dann tauchen wieder die Erinnerungen auf. Als würde jemand Fremdes den Lichtschalter betätigen und mich bewusst quälen wollen. Mit all den Erinnerungen an den letzten Winterurlaub.

Ich drehe mich auf die linke Seite, lausche meinem Atem. Er ist flach und schnell. Ich versuche ihn zu kontrollieren. Erfolglos. Es ist eine weitere Nacht, in der meine Gedanken lauter sind als die Musik unserer neuen Nachbarn. Sie erinnern mich an uns, an mich und Marc. Zu Beginn unserer Beziehung. Frisch verliebt, leidenschaftlich und wild. Sie sind Anfang zwanzig. Zehn Jahre jünger als wir. Liana heißt sie. Ist bildschön. Ich muss Marc im Blick behalten. Nicht, dass er Dummheiten anstellt.

Ich kenne Liana nur flüchtig. Viel miteinander gesprochen haben wir noch nicht. Wir treffen uns ab und zu im Supermarkt. Mal am Kühlregal, mal an der Kasse. Die Tiefkühlpizzen und Tortellini-Konserven in ihrem Korb verraten ihre Kochkünste. Sie hat ihr Studium hingeschmissen und ist mit ihrem Freund Tom durchgebrannt. Um den Ruf ihrer Familie nicht zu schädigen, kauften ihr ihre Eltern das Haus neben unserem, das seit ein paar Monaten leer stand. Vielleicht waren sie wegen mir weggezogen. Die vorherigen Nachbarn. Vielleicht hatten sie Angst vor mir. Die Blicke in der Nachbarschaft zumindest sagten mehr als Worte. Ich habe den Ruf meiner eigenen Familie zerstört und kämpfe bis heute, ein Jahr später, immer noch mit den Konsequenzen.

An manchen Tagen sehe ich Liana und Tom vor ihrem Haus in ihrem weißen Zweisitzer, eng umschlungen am Knutschen. Toms Hände in ihrem Haar, das wilder aussieht als jeder Messy-Bun in Beauty-Magazinen. Das junge, leidenschaftliche Paar, das sich nicht ansatzweise vorstellen kann, was Verantwortung bedeutet. Wie es ist, Mutter und Vater zu sein. Bedingungslos zu lieben. Und alles, aber wirklich alles für seine Familie zu tun.

Ich starre an die Decke. Etwas Licht schimmert durch die nicht vollständig verschlossenen Jalousien herein. Mein Blick wandert durch das dunkle Zimmer. Ich kann nicht viel sehen und kneife meine Augen zusammen. Es würde mir leichter fallen zu schlafen, wenn Marc jetzt neben mir liegen würde. Ich würde mich an ihn kuscheln, seinen Geruch einatmen und mich sicher fühlen. Doch fühle ich mich noch sicher bei ihm? Mit ihm? Ich weiß es nicht. Nicht mehr so sicher wie früher. Marc ist in der Nachtschicht. Er arbeitet viel. Und hart. Nichts wünsche ich mir sehnlicher, als dass wir wieder zueinanderfinden. Dass er wieder der Alte wird. Nach dem letzten Winterurlaub habe ich ihn endgültig verloren. Uns verloren. Hätte ich Luis nicht, würde ich es kaum aushalten.

Vielleicht sollte ich Luis wieder zu mir ins Bett holen. Ich genieße seine leisen Atemzüge, wenn er neben mir schläft. Es beruhigt mich, ihn bei mir zu haben. Dicht an mich gekuschelt. Doch seitdem er von seiner Oma Ann, meiner Schwiegermutter, die ich nicht ausstehen kann, ein neues Bett mit langer Rutsche und einer gefährlichen Piratenflagge geschenkt bekam, schläft er in seinem eigenen Zimmer. Bittet mich nicht mehr seine Hand zu halten, bei ihm zu bleiben. Er schickt mich jeden Abend entschlossen weg und schlummert innerhalb weniger Minuten mit Mr. Hopp ein.

Ob ich ein wenig lesen sollte, um müde zu werden? Ich habe mir aus der Stadtbibliothek *Das Tagebuch der Anne Frank* ausgeliehen. Ein Buch, das ich schon lange auf meiner Liste stehen hatte. Ich ziehe an der Kette meiner Nachttischlampe, die gelb aufleuchtet, beuge mich herunter und öffne die

Schublade. *Bedürfnisorientierte Erziehung* und mein Tagebuch. Nicht das der Anne Frank. Ich habe es unten im Wohnzimmer liegen lassen. Doch ich habe keine Lust nachts zum Bücherregal zu schleichen und dann festzustellen, dass es dort doch nicht ist und ich jedes andere Buch mindestens zweimal gelesen habe. Ich brauche dringend ein paar neue Romane. Ich schließe die Schublade mit einem Ruck, ziehe erneut an der Kette und lasse mich in mein weiches Daunenkissen fallen.

Und dann, von null auf hundert, überkommt mich wieder das Gefühl. Das Gefühl zu sterben. Wärme zieht von meinen Zehen hoch bis hin zu meinen Ohren. Mein Herz pulsiert wild. Ich ringe nach Luft. Plötzlich werde ich melancholisch. Erinnerungen, die wieder aufblitzen. Hintereinander wie an einem Gewitterabend, an dem man den Abstand zwischen Donner und Blitz in der Hoffnung zählt, sie würden schnell an einem vorbeiziehen. Ich schließe meine Augen fest.

Eins, zwei, drei. Maddy, beruhige dich!

Ich sehe die Zugspitze.

Ich sehe das Kleid im Nebel wehen.

Ich sehe eine zarte Hand winken.

Vier, fünf, sechs. Meine Schwester, die mich an den Schultern packt, mich festhält.

Sieben, acht, neun, wie sie mich zu Boden reißt,

zehn

8

Ich öffne langsam meine Augen, greife in meine Nachttischschublade, krame mein Tagebuch und den Kugelschreiber heraus. Sie sind immer einsatzbereit. Mein Therapeut hat mir empfohlen, Tagebuch zu führen. Die Erinnerungen kann ich nicht mit Tabletten aus meinem Gedächtnis löschen. Runterspülen. Sie verfolgen mich. Bilder, die ich einfach nicht verdrängen kann. Die Zugspitze, die einst mein Traumort gewesen war, wurde zu meinem Albtraum.

Buff! Ich höre unsere Haustür ins Schloss fallen und schrecke zusammen. Ich presse meine Lippen zusammen, halte meinen Atem an. Lausche. Schlüsselgeklimper. Ich atme beruhigt weiter. Es ist Marc. War seine Schicht schon vorbei? Dann war es jetzt sechs Uhr. Hatte ich die ganze Nacht wach gelegen? Ich freue mich darüber, dass er jetzt da ist, sich gleich zu mir legt. Wenn er überhaupt hoch kommt, denn meistens schläft er auf dem Sofa ein. Wieso musste sich alles verändern? Je näher Weihnachten rückt, desto erdrückender wird das Gefühl und die Unsicherheit in mir. Desto lauter wird meine innere Stimme. Aber ich bin mir sicher, dass es wieder Nächte geben wird, in denen ich problemlos einschlafen und durchschlafen kann. In denen Marc und ich uns näherkommen werden. Alles braucht seine Zeit.

»Wie? Du bist noch wach? Ist alles in Ordnung?«

Ich zucke leicht zusammen, öffne die Augen. Richte mich etwas auf. Das Flurlicht blendet mich. Ich schlage mir die Hände vors Gesicht. »Mach das Licht bitte aus.«

Er macht einen Schritt ins Zimmer und lehnt die Tür an.

»Ich habe eine gute Nachricht! Die Schicht ist heute ausgefallen.« Ich verstehe es nicht.

»Okay«, stammele ich.

»Freust du dich nicht?« Er schaut mich mit einem gezwungenen Lächeln an.

»Doch, klar.« *Dann hättest du doch viel früher zuhause sein müssen*, denke ich mir.

»War ich zu laut?«, fragt er mich und streichelt liebevoll meinen Kopf.

»Ne, alles gut. Ich konnte die ganze Nacht nicht einschlafen.«

»Du hast aber noch die halbe vor dir«, scherzt er.

»Wie spät ist es?«

»Wir haben drei Uhr.«

»Erst?« Ich bin verwundert und gleichzeitig beruhigt.

»Rutsch rüber!« Er kommt zu mir, legt seine schwarze Sweatjacke ab und nimmt mich in den Arm.

»Ein Déjà-vu. Ich habe vorhin noch davon geträumt, dass wir kuschelnd einschlafen.« Ich spüre seine Hand auf meiner. »Oh, du bist viel zu kalt.«

»Los, rutsch rüber! Deine Füße sind auch nicht wärmer.« Er lacht und zieht mich zu sich. Er riecht unheimlich gut.

Ich genieße es, in seinen Armen zu liegen. Mich geborgen zu fühlen.

Es wird doch alles gut werden. Irgendwann.

Kapitel 2

Vor einem Jahr

Schon vor dem Klingeln meines Weckers sprang ich gut gelaunt aus dem Bett und nutzte die dazugewonnene Zeit für eine verlängerte Yoga-Einheit.

Für Marc war Yoga kein Sport. Während ich im Pyjama den Sonnengruß absolvierte, war er bereits seine tägliche Runde gelaufen. Zehn Kilometer, egal bei welcher Temperatur. Und das sah man ihm auch an. Marc hatte einen schlanken, durchtrainierten Körper. Welche Frau würde nicht gerne an seiner Seite sein?

Ich ließ mich davon aber nicht unter Druck setzen. Im Schneidersitz machte ich es mir auf dem roten Teppich in unserem Schlafzimmer bequem. Die Handflächen aneinandergepresst vor meiner Brust. Das Kinn leicht gesenkt. Ich schloss die Augen. Mit Marcs Ausdauer konnte ich nicht mithalten. Ich argumentierte mit meinen guten Genen und musste nicht viel dafür tun. Nur ein wenig auf meine Ernährung achten. Mit Yoga hatte ich vor einigen Jahren angefangen, um etwas für meine Seele zu tun, weniger für meinen Körper. Dass ich dadurch gelenkiger wurde, war ein Vorteil. Mein Fokus lag jedoch darauf, mich innerlich in Balance zu bringen und meiner Rastlosigkeit und der inneren Unruhe nach stressigen Tagen entgegenzusteuern.

Meine Yoga-Einheit war viel zu schnell vorbei. Ich öffnete das Fenster und nahm einen tiefen Atemzug.

Im Anschluss sprang ich unter die Dusche und erfreute mich an dem heißen Kaffee, den ich trinken konnte, bevor ich Luis aus seinen Träumen wecken musste.

»Ich will nicht in den Kindergarten«, sagte er schlafgetrunken, als ich seine zarte Hand streichelte.

»Vielleicht kann ich dich umstimmen, indem ich dir verrate, dass ich unten eine kleine Überraschung für dich habe«, flüsterte ich in sein Ohr.

Stöhnend richtete er sich auf, streckte sich und kletterte aus dem Bett. »Ich will die Überraschung sehen!« Er griff nach meiner Hand und zog mich aus seinem Zimmer raus. »Mama, weißt du, was ich heute Nacht geträumt habe?«

»Wieder von dem Weihnachtsmann?«

»Nein, Mami, von den Weihnachtselfen«, antwortete er und wir lachten, während wir die Treppen hinuntergingen.

»Kakao mit Streuseln«, rief er und strahlte über beide Ohren, die Augen geweitet, als er die blaue Tasse auf dem Esstisch stehen sah. Er kletterte auf seinen Stuhl.

»Halt, der ist bestimmt noch heiß!«, warnte ich ihn, als seine Lippen die Tasse berührten und er sie daraufhin vorsichtig wieder auf den Tisch zurückstellte.

Als ich mich zu ihm setzte, ertönte plötzlich ein schrilles, ohrenbetäubendes Piepen von oben. Quälend monoton. Luis und ich hielten uns gleichzeitig unsere Ohren zu.

»Ahhh, Mama, was ist das?«

Es musste der Rauchwarnmelder im Obergeschoss sein. Das Geräusch ließ mir all meine Nackenhärchen aufrichten.

Ich sprang vom Stuhl auf und eilte die Treppe nach oben.

Im ersten Stock angekommen, bemerkte ich, dass ich vergessen hatte, die Tür im Bad zu schließen. Der heiße Dampf wich durch die Tür durch und löste den Alarm im Flur aus. Marc hatte mir vor einigen Wochen erzählt, dass ihm das an zwei aufeinanderfolgenden Tagen passiert sei. Mein letzter Stand war, dass er einen neuen bestellen wollte.

»Alles gut, Luis, es ist nur der Rauchmelder. Ein Fehlalarm«, rief ich nach unten und versuchte lauter als das penetrante Piepen zu sein. Schnell schnappte ich mir den Besen, der hinter der Badezimmertür stand, und streckte den Arm weit nach oben, um mit dem Besenstiel den Knopf in der Mitte zu berühren, der den Alarm beendete.

»Puh, von wegen ruhiger Morgen.« Ich lachte. So konnte der Tag starten. Mein Herz pochte, ich spürte das Adrenalin. *Ich stempele es mal als Ausdauersport ab,* dachte ich mir. *Da kann er sich gleich was anhören, wenn er vom Joggen zurück ist.*

»Ist alles gut, Mami?«, fragte mich Luis besorgt, als ich mich wieder zu ihm setzte.

Ich nickte und drückte ihm einen Kuss auf die Stirn.

»Keine Sorge, es brennt nicht. Die Feuerwehr wirst du heute leider nicht sehen. Die Mama hat ein wenig zu heiß geduscht.« Ich stellte unsere Tassen in die Spüle, bevor ich ihn aufforderte sich anzuziehen.

»Nein!« Er sprang von seinem Stuhl herunter und rannte weg. »Ich will mich nicht anziehen.«

»Ich habe dir deine Sachen auf die Heizung gelegt, sie sind schön warm.«

Sein Gesicht strahlte und er flitzte die Treppe nach oben in sein Zimmer. Ich schaute auf die Uhr an der Wand.

»Mami, kommst du? Ich brauche deine Hilfe.«

Im Büro angekommen, fiel mein Blick zuerst auf meine Überstunden, als ich mich am Eingang einstempelte. 182 Stunden. Mit weit geöffneten Augen starrte ich auf das Display. Ich wusste, dass ich vier von fünf Tagen in der Woche länger im Büro blieb, doch mit so vielen Überstunden hatte ich nicht gerechnet.

Zwischen Marc und mir lief es nicht mehr so gut. Ich lenkte mich gerne mit der Arbeit ab, worauf er sehr sensibel reagierte. Mich plagte das schlechte Gewissen ihm gegenüber, da ich mich in meiner Freizeit nur auf

Luis konzentrierte. Auch die chinesischen Nudeln, die ich nach Feierabend mitbrachte, verbesserten die Grundstimmung in unserem kleinen Haus nicht.

»Ich habe das Gefühl, du bist mit deinem Job verheiratet anstatt mit mir«, warf er mir oft vor. »Zeit mit deinen Kolleginnen zu verbringen, ist dir anscheinend wichtiger, als mit uns etwas zu unternehmen.« Je mehr er mich bedrängte, desto öfter flüchtete ich vor ihm. Doch so ganz im Unrecht war er nicht. Trotz der offiziellen Teilzeitstelle arbeitete ich fast in Vollzeit. Ich hatte viel Zeit mit meinen Kolleginnen verbracht und beschäftigte mich mehr mit ihren Problemen als mit meinen eigenen. Dennoch war es mir wichtig, einmal am Tag zusammen mit meiner Familie am Tisch zu sitzen. Pünktlich um achtzehn Uhr. Danach würde ich mit Luis eine Runde *Obstgarten* oder *Mensch ärgere dich nicht* spielen, bevor wir die Zähne putzten und ins Bett gingen. Luis schlief ein und ich las noch ein, zwei Stunden. Marc verbrachte die Abende im Wohnzimmer, schaute Fußball oder Nachrichten.

So konnte es einfach nicht mehr weitergehen. Wir mussten endlich wieder einen Weg erlangen, zueinanderzufinden. Sehnlich wartete ich auf den Familienurlaub, der immer näher rückte.

Kapitel 3

Der Traum von weißen Weihnachten würde auch in diesem Jahr nur ein Traum bleiben. Es war die richtige Entscheidung, aus Deutschland zu fliehen, um es uns in Österreich gemütlich zu machen. Mainz war alles andere als schneeweiß.

»Mami, wie oft muss ich noch schlafen?«, fragte mich Luis und blickte verträumt aus dem Küchenfenster.

»Wie meinst du das, Liebling?«

»Na, bis der Weihnachtsmann kommt«, fuhr er fort. Ich streichelte sein kurzes blondes Haar.

»Noch genau zwei Mal.«

»Und kommt der Weihnachtsmann denn durch den Kamin zu uns nach Hause?«, fragte er mich mit großen Augen.

Ich nickte überzeugend.

»Und du bist dir ganz sicher, Mami?« Seine Vorfreude war nicht zu überhören. Aufgeregt sprang er von seinem Stuhl auf und hüpfte in seiner roten Strumpfhose um den Tannenbaum herum, der an unserer großen, geschmückten Fensterfront im Wohnzimmer stand.

Schon seit Anfang November waren wir alle in Weihnachtslaune und bereiteten uns auf die Feiertage vor, um das Chaos in der Stadt zu umgehen.

Unsere Nachbarn kauften jedes Jahr gefühlt die Läden in der Innenstadt leer und putzten ihre Häuser heraus. Außer einem weiß glitzernden Ikea-Weihnachtsstern auf der Fensterbank und dem schlicht geschmückten Tannenbaum hatten wir normalerweise nicht viel Dekoration. Dieses Jahr sollte es jedoch anders werden. Ich hatte Lust zu übertreiben. Dieses Jahr wollte ich mich mit meinen bezaubernden Nachbarn messen. Und ich gab mein Bestes.

»Mama, bekommt der Weihnachtsmann eigentlich auch Geschenke? Und wer bringt sie ihm an Weihnachten, wenn er nicht zu Hause ist?«

Auf manche seiner Fragen musste ich mir eine originelle Antwort ausdenken.

»Vielleicht seine Weihnachtselfen?«

Einen Moment lang dachte ich an meinen Chef. Zwischen den Jahren hatten wir immer viel zu tun. »Maddy, du hast noch so viele Urlaubstage, nimm dir doch die drei Wochen zwischen den Jahren frei und fahr mal mit deiner Familie in den Winterurlaub. Schnee wird es hier im Dezember nicht mehr geben«, hatte er gefordert.

Es war lange her, dass wir im Winterurlaub gewesen waren. An den letzten, vor drei Jahren, konnte ich mich kaum erinnern. Luis war noch sehr klein gewesen. Im Flur hing ein Foto, Luis mit Schnuller und roter Bommelmütze auf meinem Arm. Dick eingepackt in einen Schneeanzug. Im Hintergrund eine rustikale Alm. Seitdem hatten wir unsere Urlaubstage in Deutschland verbracht. Die neue Küche, die ich mir vor zwei Jahren gegönnt hatte, schneeweiß und glänzend, hatte ein großes Loch in unserem Portemonnaie hinterlassen.

Doch die Sehnsucht nach meinen geliebten Bergen blieb und so beschlossen Marc und ich in den Winterurlaub zu fahren. Zur Zugspitze, um mir meinen größten Kindheitstraum zu erfüllen. Ich wollte auf den Gipfel. Auf 3000 Meter Höhe. Und das mit der neuen Seilbahn.

Marc hatte es in der Vergangenheit öfters vorgeschlagen, die Zugspitze hochzuwandern, ich lehnte aber immer dankend ab. Allein bei dem Gedanken lief es mir kalt den Rücken hinunter. »Vielleicht in zehn Jahren«, wimmelte ich ihn ab. Ehrwald war der erste Ort, der mir bei Google angezeigt wurde, als ich in die Suchleiste *Winterurlaub Zugspitze* eingab. Eine kleine Gemeinde in Österreich, direkt an der Grenze zu Deutschland. Perfekt zum Erholen und um Zeit mit seiner Familie zu verbringen.

Auf einem Reiseportal blieb mein Blick an einer kleinen, romantischen Pension hängen. Ich sah mir die Fotos auf der Homepage an. Das erste Foto zeigte die Außenansicht, das zweite die gewaltige Zugspitze im Hintergrund, dann kamen das Schlafzimmer, das Bad und der Aufenthaltsraum mit einem urigen

Bücherregal, beworben mit *Du wirst Dich wie zu Hause fühlen*. Ich hatte mich entschieden. Die Bilder weckten Vorfreude in mir.

Doch zuerst mussten wir die Weihnachtsfeiertage überstehen. Die Geschenke waren besorgt und mit viel Liebe eingepackt. Der Tannenbaum aufgestellt und geschmückt. Und auch unser Vorgarten war wettbewerbsreif dekoriert. Marc hielt es für zu übertrieben, zumal wir die letzten Jahre wenig Aufwand betrieben. Doch für Luis und mich war es genau richtig. Nichts erfreute mich mehr als die strahlenden Augen der Kinder, die vor unserem Haus stehen blieben und Rudolph, das Rentier, beäugten. In Lebensgröße. Die Nasenspitze blinkte rot, vierundzwanzig Stunden lang. Es war in diesem Jahr das Highlight für die gesamte Nachbarschaft.

Meine Gedanken wurden durch die Vibration meines Handys unterbrochen. Meine Schwester Linda rief an.

»Was machst du, große Schwester?«

»Wir haben uns lange nicht mehr gehört«, antwortete ich.

»Kann es sein, dass ich mich immer bei dir melden muss?«

»Quatsch«, antwortete ich schnell, bevor sie weitersprechen konnte. »Mit Kind ist das Leben ein wenig hektischer, das weißt du doch.«

»Ja genau, ich habe auch zwei hier rumrennen«, scherzte sie, »wobei ein Kind würde mir erst einmal reichen. Ne, mal im Ernst, wie geht es dir?«

»Gut, heute war mein letzter Arbeitstag, Linda. Es sind nur noch wenige Tage bis zum Urlaub!«, erzählte ich ihr euphorisch. »Was machst du an Weihnachten? Willst du zum Essen kommen?«

»Ach ne, lass mal. Zwei Stunden nach Mainz fahren, um dann mit deinen Schwiegereltern zusammenzusitzen, klingt nicht verlockend.« Sie lachte. »Apropos Winterurlaub, jetzt hätte ich fast vergessen, weshalb ich eigentlich angerufen habe. Im Fernsehen läuft gerade eine Doku über die Zugspitze. Musst du dir unbedingt anschauen.«

»Oh, hört sich gut an. Wollen wir später noch einmal telefonieren?«, bot ich ihr an, als Luis an meiner Hose zog und nach meiner Aufmerksamkeit verlangte.

»Ja, melde dich einfach, wenn es passt.« Wir legten auf und ich wandte mich zu Luis herunter.

»Hast du Lust mit mir die Fernbedienung zu suchen?« Er nickte freudig und rief nach zwei Minuten: »Mami, da oben!«

Ich setzte mich auf unsere große graue Ikea-Couch, die mitten im Raum stand, und legte die Füße hoch.

Luis sprang auf und ab und summte ein Weihnachtslied vor sich hin.

Ich musste nicht lange suchen, bis ich die Dokumentation fand. Darin ging es um die neue Seilbahn an der Zugspitze. Die Reise auf den höchsten Berg Deutschlands mit Blick hinter die Kulissen von Deutschlands höchster Baustelle.

Wie spannend. Ich hatte schon einige Artikel über die neue Seilbahn gelesen. Ich konnte es kaum abwarten, selbst die Erfahrung zu machen, auf dem Gipfel zu stehen, ohne dafür schwitzen zu müssen. Aber allein die Bilder im Fernsehen verursachten bei mir Höhenangst. Ich war so vertieft in die Dokumentation, dass ich nichts anderes mehr wahrnahm. Wie hypnotisiert starrte ich auf den Fernseher, war fasziniert davon, was die Ingenieure dort oben auf die Beine gestellt hatten.

Doch im nächsten Moment wurde die Doku durch eine Eilmeldung unterbrochen. Bei der nachfolgenden Nachricht fiel mir fast meine Kinnlade herunter.

Eine siebenundzwanzigjährige Frau ist mit ihrer vierjährigen Tochter an der Zugspitze spurlos verschwunden. Die Aufzeichnungen der Kameras zeigen, wie die zwei Personen in die neue Seilbahn einsteigen und in der Menschenmenge verschwinden. Die anderen Fahrgäste können sich nicht an die beiden erinnern.

Es gibt viele Theorien, aber keine Erklärung ... Die Ermittlungen laufen.

Diese Nachricht ließ mir einen kalten Schauer über den Rücken rieseln. Mit offenem Mund starrte ich den Fernseher an. *Wie schrecklich.* Was war mit den beiden passiert? Und wieso konnten sich die anderen in der Seilbahn nicht an sie erinnern? Fragen über Fragen spukten in meinem Kopf herum.

»Was ist denn los, Mami?« Luis riss mich aus meinen Gedanken heraus. Ich schaute wieder zum Fernseher, die Meldung war nicht mehr eingeblendet, die technischen Details der Seilbahn wurden nun beschrieben. Ich schaltete ihn aus. Später würde ich noch einmal über die Vermissten im Internet recherchieren.

Kapitel 4

An diesem Abend lag ich unruhig im Bett und starrte stundenlang in die Dunkelheit. Ich dachte über das Ereignis auf der Zugspitze nach. Ich konnte es mir nicht erklären, wie zwei Personen einfach spurlos aus dieser kleinen Seilbahn verschwinden konnten.

Nachdem ich eine gefühlte Ewigkeit so dagelegen hatte, stand ich auf, setzte mich an meinen Schreibtisch am Ende des Zimmers und klappte meinen Laptop auf. Den Bildschirm stellte ich dunkler, um Marc nicht zu wecken, der mit dem Rücken zu mir gedreht schlief.

Ich gab in die Google-Suchleiste *Zugspitze* ein und überflog die ersten Ergebnisse. Allgemeine Informationen zu den Gondeln und Seilbahnen auf der Zugspitze, Webcam und Live-Bilder von der Zugspitze, nichts über die Vermissten.

Ich klickte auf den Reiter *News*. Außer weiteren Informationen für Touristen fand ich noch ein paar allgemeine Artikel über Wintersport sowie die Bewerbung der neuen Seilbahn. Nach einer Weile tippte ich *vermisst Zugspitze* ein und entdeckte einen Artikel über einen Gleitschirmflieger, der tot aufgefunden worden war.

Marc stöhnte, drehte sich und schaute zu mir hinüber. »Was machst du da?«

»Schlaf weiter«, flüsterte ich ihm zu.

»Was machst du denn am Laptop, mitten in der Nacht? Komm ins Bett.«

Ich klappte meinen Laptop zu, legte mich zurück ins Bett und wälzte mich noch viele Male hin und her, bis ich in den Schlaf fand.

»Ich wolle gerade auflegen, bist du unterwegs?«, fragte ich Linda am nächsten Morgen, als sie nach dem fünften Läuten abnahm.

»Ich bin unterwegs, ist denn alles in Ordnung?«, fragte sie mich besorgt.

»Kannst du kurz quatschen?«

»Willst du mich umstimmen? Nein danke, ich feiere Weihnachten nicht mit deinen Schwiegereltern.« Sie lachte.

»Ne, darum gehts nicht. Hast du dir die Dokumentation, von der du gestern gesprochen hast, angeschaut?«

»Nein. Ich habe sie nur durch Zufall beim Zappen gesehen. Warum?«

»Die war total verrückt.«

»Das heißt?«

»Eine Vermisstennachricht wurde zwischendurch eingeblendet. Es hieß, eine Frau und ihr Kind seien spurlos aus der Seilbahn verschwunden.«

»Okay«, antwortete Linda nüchtern.

»Ich habe im Internet recherchiert und nichts darüber gefunden. Und anscheinend sollen die Leute, die mit in der Bahn waren, sich nicht mal an die beiden erinnern. Kannst du dir das vorstellen?«

»Oh Gott, wie schrecklich«, antwortete sie nach einem kurzen Moment des Schweigens. »Das ist die Seilbahn, mit der ihr auch fahren wollt, oder?«

»Genau. Die Vorstellung, aus einer Seilbahn zu verschwinden, finde ich irgendwie gruselig. Hoffentlich klärt sich das auf.«

»Ich kann ja ebenfalls mal schauen. Gib Luis einen Kuss von mir.« Sie legte auf.

Ich hatte jeden einzelnen Tag unseres Winterurlaubs durchgeplant, und der letzte Stopp sollte der Gipfel der Zugspitze sein.

Ich entfloh im Winter nicht der Kälte, flog nicht weit in den Süden, um am Strand zu liegen und meine Seele baumeln zu lassen. Nein. Ich gehörte zu der Sorte Mensch, die sich im Sommer auf den Winter freute. Auf die schneebedeckten Gipfel der Berge. Klar war es am Strand nett, aber nichts war schöner als der Ausblick auf das Winterpanorama in den Bergen. Ich konnte den Hochsommer nicht leiden. Es wurde heiß und der Müll stank, ich kämpfte mich tagtäglich durch den Kleiderschrank, weil ich nicht wusste, was ich anziehen sollte. Im Winter war dagegen meine einzige Sorge, dass ich die Kuscheldecke mit meinen Familienmitgliedern teilen musste. Einen Schuss Baileys in den Kaffee geben, Augen schließen und dem Knistern des Kamins lauschen.

Meine Freude auf den Winterurlaub stellte aber alles in den Schatten. Abgeschieden von allen. Von der Arbeit und Social Media. Was gab es Schöneres, als mit seiner Familie das Winterwunderland zu erkunden, mit dem Schlitten um die Häuser zu ziehen und dabei die frische, kalte Bergluft einzuatmen?

Ich stellte die Tasse Kaffee zurück auf den Esstisch. Der letzte Schluck hinterließ einen bitteren Nachgeschmack. Aber nicht bitterer als die Tatsache, nichts weiter über dieses schreckliche Ereignis finden zu können. Ungern würde ich in die Seilbahn mit meinem Sohn einsteigen, in der zwei Personen verschwunden waren. Ich würde damit nicht leben können, wenn Luis etwas zustoßen würde. Wenn ich ihn verlieren würde. Ich sollte aufhören mir so negative Gedanken zu machen. Der Fall würde sich bestimmt noch klären. Ich kratzte mich an der Schläfe und dachte weiter nach. Wurde etwa ein Unfall vertuscht? Waren diese Personen vielleicht entführt worden?

Ich ließ mich gegen die Rückenlehne des Stuhls fallen. Mein Blick schweifte quer durch den Raum. Über Weihnachten würde ich sicherlich keinen erreichen, aber sollte ich bis zu dem Tag, an dem wir den Ausflug auf die Zugspitze geplant hatten, immer noch keine Antworten finden, würde ich die Fahrt definitiv nicht antreten. Vielleicht aber machte ich mich zu sehr verrückt. Vielleicht hatte man die zwei bereits gefunden und die Nachricht rückgängig gemacht, um keinen wirtschaftlichen Schaden zu haben. Ich werde es herausfinden. Früher oder später.

Kapitel 5

Die Weihnachtsbäckerei lief im Hintergrund über die Musikanlage. Unter dem Tannenbaum lagen die Geschenke, einheitlich in rotem Geschenkpapier mit Schneeflocken darauf. Das Haus war festlich geschmückt, die Sternleuchte stand auf der Fensterbank mit dem restlichen Kerzenkram, den ich im Karton vom Vorjahr gefunden hatte. Die Nordmanntanne erstrahlte mit den silbernen und goldenen Weihnachtskugeln in ihrer ganzen Pracht. Lange hatten wir auf diesen Tag gewartet.

Alles war perfekt. Meinte ich zumindest. Den Ansprüchen meiner Schwiegereltern gerecht zu werden, war keine leichte Aufgabe. Ann fand immer einen Anlass zum Meckern. Sie erfüllte das Klischee der schrecklichen Schwiegermutter. Sie war kalt und distanziert. Und mischte sich gerne in unsere Angelegenheiten ein.

Ich hätte nichts dagegen, wenn sie zufällig verschwinden würde. Ich würde nicht nach ihr suchen. Ich schmunzelte.

»Worüber denkst du nach?«

Ich blickte von meinem Teller hoch. »Ach, dieser Vorfall geht mir einfach nicht aus dem Kopf«, sagte ich.

»Du meinst den auf der Zugspitze? Ach Liebling, es gibt Schlimmeres«, beruhigte er mich. »Tust du mir einen Gefallen?«

»Welchen?«, fragte ich ihn erwartungsvoll.

»Können wir das Thema heute mal beiseiteschieben? Ich möchte ungern meine Eltern verunsichern. Du kennst doch meine Mutter, am Ende würde sie uns von unserem Urlaub abhalten.«

Da hatte er nicht ganz unrecht.

Ich zuckte zusammen, als es an der Tür klingelte. »Luis, willst du die Tür aufmachen?«

»Hat es geklingelt?«, fragte er freudig und sprang von seinem Stuhl.

»Wollten sie nicht erst heute Nachmittag kommen?«, flüsterte ich Marc zu, der seelenruhig am Frühstückstisch sitzen blieb.

Er schaute mich fragend an und zuckte mit den Schultern.

»Och nee«, jammerte ich leise.

»Hat es denn überhaupt geklingelt?«, fragte auch er mich.

»Ich sehe Oma und Opa gar nicht«.

Ich eilte zur Haustür, um festzustellen, dass Luis recht hatte.

Die kalte Luft zog herein und der herrliche Duft aus der Küche von Lebkuchen und Zimt verflog. Von meinen Schwiegereltern war keine Spur zu sehen. Ich schaute auf die Straße und zu den weihnachtlich geschmückten Nachbarhäusern, doch es war nicht eine Menschenseele an diesem Morgen zu sehen.

»Mama, wo sind denn Oma und Opa?«, fragte Luis und zupfte an meiner Jeans.

Seine blonden Haare schimmerten im Licht. Seine Augen funkelten. Groß und blau. Er hatte die Augen von seinem Vater, seinen Charakter von mir. Mit seinen fünf Jahren hatte er manchmal mehr Empathie als manch ein Erwachsener.

»Schatz, ich glaube, es war nur der Postbote.«

Luis zog die Mundwinkel nach unten. »Muss er denn auch an Weihnachten die Post verteilen?«

»Vielleicht«, antwortete ich und streichelte über seine gerötete, eiskalte Wange.

Er rannte zurück zu Marc an den Frühstückstisch.

Ich wollte die Tür schließen, da fiel mir etwas auf der anderen Straßenseite auf. Ein kleines Auto stand dort vor einer Einfahrt. Ein kastenförmiger roter VW mit einem fremden Kennzeichen. Die Familie, die dort wohnte, war über Weihnachten verreist, da war ich mir sicher. Das Auto meiner Schwiegereltern konnte es nicht sein. Das würde vor unserer Einfahrt stehen und sie würden in der Nachbarschaft herumirren. »Jetzt bin ich aber traurig, dass sie es doch nicht waren«, kommentierte ich sarkastisch.

»Ich sagte doch, es hat keiner geklingelt«, rief Marc mir zu und lachte. »Schatz, es wird langsam frisch, schließ endlich die Tür!«

Ich ließ die Tür ins Schloss fallen.

»Du kennst meine Eltern, die werden keine Sekunde früher als verabredet auftauchen.« Er lachte.

»Haben deine Eltern ein neues Auto? Auf der anderen Straßenseite steht ein roter VW, den ich hier noch nie gesehen habe.«

Er legte den Kopf zur Seite, zog eine Augenbraue hoch und schüttelte zögernd den Kopf. »Nicht dass ich wüsste.«

»Schau raus, ich meine es ernst. Ich habe den Wagen hier noch nie gesehen.«

Er lief zum Fenster, schüttelte erneut den Kopf und kam zurück zum Esstisch. Dieses Mal mit einem enttäuschten Blick, von mir abgewandt.

»Was denn?«, fragte ich ihn besorgt und schob die Gardine erneut zur Seite, um einen Blick auf die Straße zu werfen. Das Auto stand nicht mehr dort. »Hmm, das ist aber seltsam, ich habe es gar nicht wegfahren hören.« Mein Magen zog sich zusammen. Ich dachte an meine Eltern. An meinen Vater. Sie hatten auch ein rotes Auto. Seit dem Tod meines Vaters wohnten wir wieder in meiner alten Heimat. Fünf Jahre waren es nun schon. Meine Welt ist zusammengebrochen, als er gestorben war. Luis konnte nie seinen Opa kennenlernen.

Ich war hochschwanger, als wir das Haus umbauten. Optisch erinnerte es nicht mehr an das Alte. Die Erinnerungen blieben aber. Es war das Haus, in dem ich meine ganze Kindheit und Jugend verbracht hatte.

Was würde ich dafür geben, ein letztes Weihnachtsfest mit meinem Vater zu verbringen? Doch statt zu trauern beschloss ich, das Beste daraus zu machen. Ihn gedanklich bei mir zu haben. Er liebte heiße Maronen. Frisch geröstet aus dem Ofen. Eine Tradition, die ich beibehielt. An kalten Winterabenden schauten wir gerne Weihnachtsfilme und naschten sie dann gemeinsam. Jahr für Jahr. Auch Luis liebte den nussig-süßlichen Geschmack. Vielleicht war das auch der Grund, wieso ich die Winterzeit so sehr liebte. Ich verband den Winter mit vielen schönen Erinnerungen an meinen Vater.

»Meinst du, ich schaffe es dieses Jahr, dich zum Skifahren zu überreden?«, fragte ich Marc, während ich gedanklich schon in den Bergen war.

»Meinst du, du schaffst es, dir ein paar Stunden Zeit für uns zu nehmen? Als Paar?«

Ich hatte ihm die letzten Wochen mehrmals erklärt, dass ein Familienurlaub kein Pärchen-Urlaub war. Dennoch hakte er täglich nach. Wir beiden waren so tief in den Alltagstrott gerutscht, dass wir uns nicht mal mehr mit einem Kuss begrüßten oder verabschiedeten. Liebesgeständnisse und Aufmerksamkeiten gehörten der Vergangenheit an. Ich vermisste ihn. Uns. Ich hatte das Gefühl, nicht mehr an ihn ranzukommen. Von ihm aus kam aber auch wenig. Früher konnten wir über alles sprechen. Er war mein Seelenverwandter.

Ich konnte mir nicht erklären, wie es so weit kommen konnte. Wie wir uns so auseinandergelebt hatten. Auch wenn ich zutiefst dankbar dafür war, dass er Luis und mich abgöttisch liebte und immer für uns da war. Ich berührte seine Schulter. Er blickte zu mir auf und lächelte. »Ein Date zu zweit an einem Abend bekommen wir hin, oder?«

Ich nickte. »Ich denke schon, versprechen kann ich aber nichts.«

»Du solltest aufhören, dich an dein Kind zu klammern«, konterte er.

»Wir werden schon genug Zeit für uns finden«, sagte ich genervt, weil ich verletzt durch seine Aussage war.

Es klopfte an der Tür.

Ich schaute Marc fragend an.

»Schnell, versteck dich! Die bösen Schwiegereltern stehen vor der Tür«, feixte er. »Dieses Mal müssen sie es sein!« Er hatte euphorisch geklungen.

Luis sprang von seinem Stuhl herunter und rannte wieder zur Haustür.

Ich folgte ihm, hielt einen kurzen Moment inne, um zu lauschen und öffnete, als ich ihre Stimmen erkannte. »Frohe Weihnachten!«

Meine Schwiegereltern standen vor mir, bepackt mit Geschenken für Luis. Die Geschenkverpackung war eindeutig. In diesem Jahr machten sie sich nicht die Mühe, Marc und mir eine Freude zu bereiten.

Den Vorschlag zu wichteln, hatten sie ausgeschlagen. Dass sich auch Erwachsene über Geschenke freuten, verstanden sie offenbar nicht. Dafür waren sie zu konservativ. Auch über eine liebevolle Umarmung oder ein paar nette Worte hätte ich nichts gehabt.

Ann hatte wieder ihren dunkelroten Mantel an, den sie jedes Jahr trug, seitdem ich sie kannte. Ihr Parfüm war so penetrant, dass ich die Nase rümpfte.

»Kommt rein, ihr seid spät dran«, sagte ich und blickte auf meine imaginäre Armbanduhr. Ann schaute mich irritiert an, zwang sich aber zu einem Lächeln. So kannte ich sie. Humorlos. Sie gab Luis einen Kuss und hinterließ einen Lippenstiftabdruck an seiner zarten Wange. Nickend stolzierte sie an mir vorbei, und schlang ihre Arme um Marc, um ihn zu begrüßen.

Mein Schwiegervater lief wie ein Dackel hinterher, nachdem er mir die Geschenke in die Hand gedrückt hatte.

Luis konnte seinen Blick nicht von den bunten Päckchen lösen. Dass er es bis zum Abend aushalten würde, bezweifelte ich. Zumal er das Privileg genoss, sie an Heiligabend auspacken zu dürfen, um mehr Platz für den Weihnachtsmann zu schaffen.

»Gott, euer Tannenbaum sieht ja hübsch aus! Luis, hast du ihn geschmückt?«, fragte Ann begeistert ihren Enkel.

Luis griff nach ihrer Hand und zog sie ins Wohnzimmer, um ihr die Weihnachtsdekoration zu zeigen. Den mit Lametta und ein paar Weihnachtsfiguren aus Holz dekorierten Beistelltisch vor dem Kamin, den Brief an den Weihnachtsmann, den ich für Luis geschrieben hatte, sowie die große Weihnachtskeksdose, die mit den leckeren Butterplätzchen gefüllt war, die wir letztes Wochenende gebacken hatten.

»Wir dürfen den Weihnachtsbaum nicht anfassen, hat Mama gesagt.«

Ann warf mir einen abwertenden Blick zu. »Papperlapapp, was soll denn schon passieren?!« Ihr Blick schweifte zurück zum Beistelltisch. »Oh, ist die Milch etwa für mich?«

»Nein«, antwortete Luis und schützte das Glas mit seinen kleinen Händen. »Für den Weihnachtsmann, Oma.«

»Seit wann bist du so auf dem Weihnachtstrip, Madeline?« Sie blickte hinaus in den Garten, den ich mit Lichterketten und Laternen dekoriert hatte.

Ich zuckte mit den Achseln. Am liebsten hätte ich ihr schlagfertig geantwortet, doch mir fiel in dem Moment nichts Passendes ein.

Sie öffnete die Terrassentür und betrat zum ersten Mal unseren Garten. »Oh, fein hast du es hier, Marc. Wieso sitzen wir nie draußen?«

Unser Haus, unsere Autos und unser Garten, sie betrachtete alles als seines. Obwohl ich fast mein ganzes Leben lang hier wohnte. Erst mit Linda und meinem Dad, später mit meiner eigenen kleinen Familie.

»Ihr habt ja sogar eine Feuerstelle«, sagte Ann euphorisch.

»Ja, haben wir«, antwortete ich und dachte an Linda.

Nachdem unsere Mutter wenige Wochen zuvor in die Klinik gebracht und uns damit weggenommen worden war, wurde die Feuerstelle unser Rückzugsort. Im Winter, an dunklen, kalten Winterabenden, saßen wir davor und wärmten unsere Hände vor der Flamme. Ich spürte, dass auch sie sehr darunter litt, dass unsere Mutter nicht mehr bei uns war. Weil sie psychisch krank war und auf unbestimmte Zeit fortbleiben würde.

Der Geruch von Feuer lag mir immer noch in der Nase, wenn ich die Terrassentür öffnete. Auch wenn ich die Feuerstelle seit dem Einzug mit Marc nicht genutzt hatte. Marcs Stimme unterbrach meine Gedanken.

»Vater, zieh deine Jacke aus und setz dich mit mir an den Tisch.« Marc winkte Stefan zu sich, der sich immer noch im Flur aufhielt und sich die Bilder von uns anschaute.

Marc schien nicht sonderlich überrascht über ihre frühe Ankunft zu sein. Er klopfte seinem Vater fest auf den Rücken und strahlte über beiden Ohren. »So früh haben wir nicht mit euch gerechnet. Gut, dass ich mich heute Morgen für meine Frau hübsch gemacht habe, sonst würde ich euch im Pyjama begrüßen.« Er lachte.

»Ihr frühstückt ja noch. Wann wollen wir mit den Vorbereitungen anfangen, Maddy?«

Ann saß auf der Couch und blätterte mit Luis ein Bilderbuch durch. »Eigentlich habe ich euch erst zum Abendessen erwartet.«

Sie schaute mich wieder mit diesem Blick an. Streng wie ihre Kurzhaarfrisur. Ich wusste, dass sie tief im Herzen eine Antipathie mir gegenüber hatte. Dass sie meine Wenigkeit nur für ihren Sohn und ihren Enkel duldete.

Luis hatte leider nicht das Glück, dass seine Großeltern um die Ecke wohnten und er sie jedes Wochenende sehen konnte. Aber für mich war es so besser. Doch zumindest an den Feiertagen kam ich nicht darum herum, sie zu sehen.

»Liebes, könntest du vielleicht meinen Schal zur Garderobe bringen«, bat mich Stefan und wollte mir damit einen Gefallen tun. Ich nahm ihm den Schal ab und brachte ihn zur Garderobe. Ich verweilte einen kurzen Moment vor der Fotowand, um mich ein wenig abzuregen. Was fiel ihr überhaupt ein, uns am frühen Morgen zu stören. Hätten sie nicht einfach gegen Mittag da sein können? Ich schielte von der Garderobe zurück ins Wohnzimmer. Ann durchsuchte ihre Tasche, die sie noch bei sich trug. Gerade als ich wieder zurück zu ihnen gehen wollte, einen Schritt ins Wohnzimmer setzte, sah ich, wie sie Marc einen Briefumschlag übergab, den er schnell unter seiner Zeitung verschwinden ließ. Er nickte ihr kaum merklich zu. Anscheinend hatte er auf diesen Brief gewartet.

Sie strich ihre Haare glatt, bevor sie mich ansah, sich ertappt fühlte und wieder wegschaute.

Was war das für ein Umschlag? Sollte ich sie darauf ansprechen? Doch bevor ich etwas sagen konnte, schrie Luis laut auf, weil sein Opa ihn durch das Wohnzimmer jagte.

»Och, jetzt lass doch mal den Luis in Ruhe«, giftete sie ihren Mann an, der dem kleinen Wirbelwind hinterherrannte und dabei fast den Beistelltisch umschmiss.

Marc kriegte sich vor Lachen kaum ein. Deshalb beschloss ich den Brief zu einem anderen Zeitpunkt anzusprechen.

Kapitel 6

Der Abend hatte seinen Höhepunkt erreicht. Wir waren satt. Satt von Rotkohl, Klößen und Gans. Traditionell. Vorbereitet und gekocht unter stetiger Beobachtung von meiner geliebten Schwiegermutter.

Sie war ein Kontrollfreak und hasste Überraschungen. Kurz entschlossen manipulierte sie ihren Mann, um am frühen Morgen die lange Strecke nach Mainz zu fahren und den gesamten Vierundzwanzigsten mit uns zu verbringen. Gut, dass ich die letzten Tage das Haus auf Vordermann gebracht hatte.

Der Abend verlief gut. Anders als erwartet. Alle waren beschwipst und hatten gute Laune. Mein Schwiegervater erzählte uns den ganzen Abend lang Geschichten aus seiner Jugend. Die goldene Mitte zwischen peinlich und primitiv traf er nicht. Ihm zuzuhören amüsierte und beschämte mich zugleich. Und sogar Ann, die die meiste Zeit böse Zornesfalten auf der Stirn hatte, zeigte uns an diesem Abend ihre Lachfalten. Marcs Gesicht leuchtete kirschrot vom Lachen. Sein Vater war immer noch sein Held, obwohl Marc schon über dreißig war. Ich sah, wie glücklich sie wirkten, wie nah und vertraut sie sich waren. Wie sie sich beim Sprechen in die Augen schauten und über dieselben Scherze lachten. Als wir uns kennengelernt hatten, erzählte er mir die lustigsten, amüsantesten

Geschichten über ihn. Die Geheimnisse, die sie vor Ann hatten, und von den endlosen Wanderungen am Vatertag, die nicht vor der Morgendämmerung endeten. Und das verärgerte Ann. Wochenlang.

Ich blickte ins Leere. Nicht nur Marc war ein Papakind. Auch ich hatte meinen Vater vergöttert. Ich vermisste ihn so sehr. Wie schön es wäre, wenn er bei uns gesessen hätte. In seinen eigenen vier Wänden. Mit seiner Familie. Uns. Seinem Schwiegersohn, mir und seinem Enkel, den er nie hatte kennenlernen können.

Ich blickte in die Runde, in die strahlenden Gesichter. »Ich hol uns noch einen Wein«, sagte ich, als ich bereits auf dem Weg in die Küche war. Ich musste mich sammeln. Alleine sein.

Meine Emotionen überschwemmten mich. Die Flut von Trauer. Der Schmerz des Verlustes. *Ich vermisse dich, Papa. Wieso kannst du nicht bei uns sein?* Tränen kullerten meine Wangen herunter. Wie jedes Jahr an Weihnachten, wenn ich an ihn dachte.

Ich räumte das Glas in den Geschirrspüler, das ich mit in die Küche genommen hatte. Dann fiel mir der Briefumschlag wieder ein. Marc hatte ihn ungeöffnet unter die Zeitung gelegt. Ich schaute mich um. Sie lag auf dem Küchentresen, neben der Küchenrolle. Er hatte ihn nicht versteckt oder weggeschmissen. Mein Herz schlug schneller, als ich ihn in den Händen hielt. Durfte ich denn überhaupt so neugierig sein? Ich vertraute ihm doch. Ich traute nur Ann nicht. Ich wollte nur einen kurzen Blick auf das Schreiben werfen.

Absender: Psychiatrische Anstalt Dr. Viskows

»Was zum Teufel?« Ich öffnete den Umschlag und zerriss den Briefkopf ein wenig. »Mist«, fluchte ich. Dadurch würde auf jeden Fall auffallen, dass ich geschnüffelt hatte. Ich musste mir eine Ausrede einfallen lassen. Die nächste Zeile, die ich las, brachte meinen Puls noch schneller zu schlagen.

Betreff: Anmeldung Patientin Madeline Stone

Klinik für Psychiatrie- und Psychotherapie. Hier erhalten Patientinnen und Patienten mit akuten oder chronischen psychischen Erkrankungen durch unsere erfahrenen Therapeutinnen und Therapeuten eine erstklassige Versorgung.

»Liebling, haben wir noch Wein?« Marc kam in die Küche. Er sah mich an, sein Blick fiel direkt auf den Brief, den ich in der Hand hielt. Er schaute mich entsetzt an, kam auf mich zu und griff nach dem Papier.

»Was ist das?«, fragte ich impulsiv. Nach einem kurzen Zögern, antwortete er. »Vielleicht Werbung? Komm, lass uns wieder reingehen«, sagte er in einem strengen Befehlston. Er legte den Umschlag zurück auf den Küchentresen, packte mich an den Hüften und zog mich an sich heran. Er küsste mich.

Wollte er von der Situation ablenken? Ich wusste, dass er zu betrunken war, um mit ihm darüber zu streiten.

»Geh wieder rein, ich bring den Wein. Hach, reimt sich sogar.« Er lachte und schob mich aus der Küche hinaus.

Wieso hatte ihm seine Mutter heimlich diesen Brief aus der Psychiatrie gegeben? Und wieso hinter meinem Rücken?

Was verheimlichten sie mir? Wollten sie mich einweisen? Ich wusste, dass Ann mich nicht mochte, aber so etwas traute ich ihr nicht zu. Ich schüttelte den Kopf. *Nein Maddy, jetzt beruhige dich erst einmal. Das alles hat bestimmt eine logische Erklärung.* Ich war zu betrunken. Mein Hals schnürte sich zusammen. Meine Hände wurden feucht. Ich konnte meine Gedanken nicht mehr sortieren. Alte Erinnerungen tauchten auf. Erinnerungen, die ich verdrängt hatte. An die ich sehr lange nicht gedacht hatte. Mir wurde heiß und ich hatte das Gefühl, gleich ohnmächtig zu werden. Was für ein Spiel spielte Marc mit mir? Was hatte meine Schwiegermutter vor?

Ich war ein junges Mädchen. Zwölf Jahre alt, Anfang der Pubertät. Ich erinnere mich an einen Nachmittag im Sommer, wir saßen alle zusammen und aßen zu Mittag. Meine Mutter, mein Vater, Linda und ich. Es gab Linsensuppe, das einzige Gericht, das meine Mutter richtig kochen konnte, neben Nudeln und Reis.

Und dann klingelte es an der Haustür. Unsere Eltern tauschten Blicke aus. Der Gesichtsausdruck meiner Mutter war verängstigt.

Mein Vater ließ den Löffel fallen und stand auf. Er schaute sie an. »Es ist das Beste für uns alle« waren seine letzten Worte an sie. Seine Stimme zitterte so, wie ich sie in all den Jahren nicht gehört hatte.

Meine Mutter wurde vor unseren Augen weggebracht. Sie schrie um Hilfe, doch mein Vater schickte uns auf unser Zimmer. Es hieß, sie müsse in eine Klinik. Sie sei krank und wir würden sie eine lange Zeit nicht sehen können.

Für mich war es ein Albtraum. Wir hatten keine Möglichkeit, uns von ihr zu verabschieden. In dieser schweren Zeit hatte ich keine gute Beziehung zu Linda. Ich sperrte mich tagelang in mein Zimmer ein, verstand die Welt nicht mehr und es dauerte eine Ewigkeit, um diesen Vorfall zu verarbeiten. Wir hatten uns jede Woche ihre Rückkehr erhofft. Sie hatte uns so sehr gefehlt.

Vier Jahre lang war sie fort. Und in diesen vier Jahren konnten wir sie nur zweimal besuchen. Doch sie wies uns stets ab. Wir entfernten uns voneinander und unser Vater wurde unsere Bezugsperson. Unser bester Freund. Er war immer für uns da.

Umso schrecklicher war das Gefühl an diesem Abend, den Brief aus der Psychiatrie zu halten. Und dabei dieselben Gefühle zu empfinden, wie ich sie damals hatte. An dem Tag, an dem unsere Mutter von zwei Männern abgeholt und weggebracht wurde. Hier aus diesem Haus, in dem ich heute mit meiner eigenen Familie wohnte.

Anmeldung Patientin Madeline Stone. Die Worte schwirrten in meinem Kopf herum. Wollten sie mich loswerden? Mich von meinem Sohn trennen? Sollte mein Kind ohne Mutter aufwachsen? Musste Luis dieselben Ängste empfinden, die ich damals empfunden hatte?

Mir schossen Tränen in die Augen. Wieso? Wir waren doch glücklich. Klar, wir hatten Streitigkeiten im Alltag wie jede andere Familie auch. Darum, wer den Haushalt zu machen hatte oder das Kind ins Bett bringen sollte. Und die Zweisamkeit kam in letzter Zeit zu kurz.

Ich beobachtete meine Schwiegereltern, die sich ausnahmsweise blendend verstanden. Marc war noch in der Küche und suchte höchstwahrscheinlich nach einem passenden Versteck. Ich musste mit ihm sprechen, die Wahrheit erfahren.

Nervös kippelte ich wie ein kleines Kind auf dem Stuhl herum, meine Hände feuchter als die Suppe zur Vorspeise.

Das entging Ann offenbar nicht. Sie schaute mich mit hochgezogenen Brauen an. Arrogant.

Am liebsten wäre ich ihr in diesem Moment an den Kragen ihrer hässlichen braunen Bluse gesprungen.

»Ist denn alles in Ordnung, Madeline? Du schaust blass aus, du solltest keinen Wein mehr trinken.« Sie grinste.

Ich sah sie ohne Ausdruck an. Riss mich zusammen. Eine Welle des Zorns überrollte mich. Ich hielt es nicht mehr aus. »Was für ein scheiß Problem hast du eigentlich, Ann?« Ich schlug fest auf den Tisch, sodass ich selbst vor mir erschrak. Alle Augen waren auf mich gerichtet. »Wieso kannst du mich und meine Familie nicht einfach in Ruhe lassen?«, schrie ich sie an. »Ich habe den Brief gesehen! Was habt ihr vor? Bin ich nicht gut genug für deinen Sohn? Was soll ich in der PSYCHIATRIE?«, fragte ich ganz direkt. Ich, die schüchterne Maddy, die all die Jahre respektvoll und höflich gewesen war. Sich immer den Mund verbieten ließ. Ich bemerkte den Alkohol in meinem Blutkreislauf.

Ann bekam kein Wort heraus, sah mich nur mit geschocktem Gesichtsausdruck und zusammengepressten Lippen an. Dabei spielte sie nervös an ihren Fingernägeln herum, die perfekt rot lackiert waren und für ihr Alter billig wirkten. Ein Tick von ihr, wenn sie aufgewühlt war. »Ich weiß nicht, was du meinst. Du solltest weniger trinken, Madeline.«

Marc war aus der Küche geeilt. Die Ärmel hochgekrempelt und ein Geschirrtuch in der rechten

Hand. »Ich glaube, du hattest etwas zu viel Wein.« Er streichelte meinen Kopf. »Komm mit mir, ich bring dich hoch.«

»Hol sofort den Brief aus der Küche, ich möchte eine Erklärung!«

»Schatz, du machst dich lächerlich, lass uns nach oben gehen.« Er zog mich am Arm.

»Lass mich los!«, schrie ich ihn an.

»Maddy es reicht, bitte sei vernünftig.« Er schaute mich flehend an und für ihn hielt ich dann wieder den Mund. Um ihn nicht weiter zu verärgern, ihn bloßzustellen.

Wir gingen zusammen die Treppen hoch ins Schlafzimmer, das mir im betrunkenen Zustand kleiner erschien als es eigentlich war. Ich hatte viel Wein getrunken und mich dadurch zum Affen gemacht. Ich sollte auf ihn hören und etwas schlafen.

Er gab mir einen Kuss auf die Stirn. Ich schaute zu ihm auf, erwiderte seinen liebevollen Blick. »Es tut mir Leid«, stammelte ich.

»Ich liebe dich«, antwortete er. Ich liebte ihn auch. Er war meine Familie. Und mein Verhalten seiner Mutter gegenüber würde er mir bestimmt nicht so schnell verzeihen.

Kapitel 7

Selbst an einem fast wolkenlosen ersten Weihnachtsfeiertag waren die Straßen, abgesehen von einigen Kombis und Familien-Vans, frei.

Ein Mädchen in Luis' Alter winkte uns aus einem vorbeifahrenden Auto zu. Ihre blonden Locken drückten sich gegen die Fensterscheibe. Sie wirkte so unschuldig, wie ein kleiner Weihnachtsengel. Die Mutter, die den Wagen fuhr, trug eine große Hornbrille. Eine braune Locke hing ihr ins Gesicht. Die Mundwinkel waren heruntergezogen.

Sollte man an den Weihnachtsfeiertagen nicht ein Dauergrinsen auf den Lippen tragen? Fröhlich und lebendig sein und dankbar für die freie, gemeinsame Zeit?

Ich schaute in den Spiegel. Auch ich trug kein Dauergrinsen. Ich starrte mich an. Der vorherige Abend hatte seine Spuren hinterlassen. Die Nacht war kurz gewesen, der Wecker hatte um sechs Uhr in der Früh geklingelt.

Meine Gedanken kreisten um die Ereignisse an Heiligabend. Um den Brief. Und um die Auseinandersetzung mit Ann. Ich war angetrunken gewesen, aber ich war mir sicher, dass ich mir dieses Schreiben und den Streit nicht eingebildet hatte. Wann würde er mich mit dem Vorfall konfrontieren?

Ob sie noch über mich gesprochen hatten, nachdem ich schlafen gegangen war? Er hasste Konflikte und vermied sie, soweit es ging.

Marc und ich lernten uns im Studium kennen. Er hatte in jeder Vorlesung, die wir gemeinsam belegten, eine Reihe hinter mir gesessen. Ich war von Anfang an von seiner Art, seinem Charakter hin und weg gewesen. Er war selbstbewusst und hatte stets einen Witz parat, um mich zu beeindrucken. Er war der Mann, den ich mir immer gewünscht hatte.

Seine warme Hand umschloss meine.

Ich zuckte zusammen.

»Schatz, wie lange möchtest du dich noch anschauen? Du siehst wunderschön aus.« Er klappte die Sonnenblende über mir zurück.

»Mama, ich muss mal aufs Klo.«

Ich drehte mich zu Luis um.

Er schaute seine Lieblingsserie. Das Tablet hatten wir kurz vor der Abreise an der Rückenlehne meines Sitzes befestigt. In seiner Hand hielt er seinen Hasen, Mr. Hopp. Ohne ihn hätten wir nicht in den Urlaub fahren können. Er schaute mich fragend an.

»Du musst noch bis zur nächsten Tankstelle aushalten.«

»Marc stellte die Lautstärke höher. Ohrenbetäubend sang er *All I Want for Christmas Is You* mit. »Kommt schon, macht mit! Wir fahren in den Urlaub!«

Ich drehte die Musik wieder leiser.

»Kannst du dich an die Frau erinnern, die mit ihrem Kind verschwunden ist?«

Erneut stellte er die Musik lauter.

»Hast du noch etwas darüber gehört?«

Er zögerte, bevor er die Musik leiser drehte. »Hast du Angst, auf die Zugspitze zu fahren?« Er lachte. »Das ist doch dein größter Traum«, sagte er. »Oder davor, dass uns etwas passiert? Dass du verschwindest? Hex Hex.« Er brach in Gelächter aus. Ich nahm einen tiefen Atemzug. »So lustig finde ich deine Aussage jetzt nicht. Eher unpassend.« Er klopfte mir auf den Oberschenkel. »Du weißt doch, dass ich gerne scherze. Und weißt du was, Liebling? Kurz bevor ich in eine Achterbahn steige, denke ich auch immer einen Moment lang über einen Absturz nach.«

Ich drehte meinen Kopf zu ihm. »Wann bist du denn das letzte Mal Achterbahn gefahren?«, fragte ich ihn verwundert und genervt zugleich. Ich konnte mich nicht daran erinnern, dass wir je zusammen in einem Freizeitpark gewesen waren. Wir hatten es oft vorgehabt, uns jedoch jedes Mal umentschieden.

Er drehte die Musik wieder lauter. Ich dachte wieder an den Brief und rang für einen Moment mit mir, nicht vor Luis das Thema anzusprechen. Es würde zu einem Streit ausarten, das wusste ich. Aber ich musste mit Marc sprechen. Ich musste wissen, was das alles zu bedeuten hatte. Ob es sich wirklich nur um einen Werbeflyer handelte, wie er behauptete oder ich es mir in meinem betrunkenen Zustand eingebildet hatte.

Die Ausfahrt zur nächsten Tankstelle verpassten wir um wenige Meter, weil uns ein Dorfdepp nicht hinüberziehen ließ. »So ein Idiot! Unfassbar.« Marc fuchtelte wütend, während der Mann im weißen Kia provokativ an uns vorbeifuhr.

Wir beschlossen, auf die Landstraße aufzufahren, um nach einer Raststätte zu suchen, da Google Maps die nächste Tankstelle in fünfundzwanzig Kilometern anzeigte.

In Gedanken versunken, betrachtete ich meinen Ehering, der nicht mehr so funkelte wie am Anfang. Er hatte den besonderen Glanz verloren, so wie die Beziehung zu Marc. Als ich zu ihm rüber blickte und mein Blick über seine Hand zu seinen Fingern wanderte, fiel mir auf, dass er seinen Ehering nicht trug.

»Wo ist eigentlich dein Ehering?«

»Oh Mist, den muss ich heute Morgen im Bad liegen gelassen haben«, antwortete er so schnell, dass es mir wie geprobt vorkam. Er log, das spürte ich.

Wir fuhren eine schmale Straße entlang, mit Blick auf schneebedeckte Felder. Außer uns war hier keiner unterwegs. Wir bogen in eine Straße ab, die nicht von Schnee frei geräumt war. Tannen ragten in den Himmel. Alles wirkte friedlich. Idyllisch.

»Bist du dir sicher, dass wir hier langfahren müssen? Nicht, dass wir gleich mitten im Wald stehen.«

»Schau mal, dort drüben steht eine kleine Pension«, rief Marc mir begeistert zu und steuerte auf den Parkplatz zu.

GESCHLOSSEN, stand auf einem Schild vor der Pension.

»Na super.« Das hätten wir uns bei der mit Puderzucker bedeckten Straße, die uns hierherführte, denken können. »Wir haben aber auch ein Pech. Komm Luis, wir gehen schnell hinter das Gebüsch.«

»Mir ist kalt, Mami«, protestierte er.

»Umweg und dann nicht mal einen Kaffee.« Marc stöhnte. Verständlich. Wir fuhren seit vier Stunden und hatten noch zwei vor uns. Ich war aber froh darüber, dass Luis es bis hierhin überhaupt geschafft hatte und ihm kein Malheur im Auto passiert war.

Ich nahm Luis an die Hand und wir liefen um die kleine Pension herum. Ob sie nur über Weihnachten geschlossen hatten? Ich ließ Luis los, um durch das Fenster zu schauen. Dreck und eine dicke Staubschicht erschwerten mir die Sicht. Die Gardinen waren altmodisch beige-gestreift. Ich erkannte eine Stehlampe mit einem grauen Schirm. Sie sah im Vergleich zu den anderen Möbeln im Zimmer modern aus. Ein brauner, abgenutzter Ledersessel stand mitten im Raum. Ein aufgeklapptes Schlafsofa befand sich in der Nähe der

Tür. Auf dem Schreibtisch stapelte sich altes Geschirr, sodass man die Tastatur des Computers nur erahnen konnte. Das Zimmer hatte lediglich dieses eine kleine Fenster, viel Licht bekam es nicht ab. Keine zehn Pferde würden mich hier zum Übernachten überreden. Ob sie hier ernsthaft Gäste unterbrachten? Auf dieser Schlafcouch?

Luis zog mich am Arm.

»Einen Moment noch Luis«, vertröstete ich ihn. Ich schielte durch die Tür, die ein wenig offen stand. Gerade als ich meinen Blick abwenden wollte, sah mich plötzlich eine dunkle Gestalt durch die Tür an. Ich erschrak und stolperte einen Schritt zurück. Mein Herz klopfte laut. Damit hatte ich nicht gerechnet. »Mama, los komm jetzt! Ich muss Pipi.«

Ich sah hinüber zu Marc, der genervt auf seine Armbanduhr zeigte.

Hastig verschwanden wir hinter dem großen, mit Schnee bedeckten Gebüsch. In der Hoffnung, dass wir nicht gleich von der Person überrascht werden würden. Der Schnee knirschte unter unseren Winterstiefeln.

»Habt ihr es langsam? Ich möchte weiterfahren«, hörte ich Marc rufen.

Wir eilten zurück ins Auto. Luis' Hand war eiskalt. Seine süße Nase rot, wie die von Rudolph. Vielleicht hätte ich noch einmal anklopfen und mich entschuldigen sollen.

Luis setzte sich in seinen Kindersitz, ich legte ihm den Gurt an.

Mit Schwung warf ich seine Tür zu und blickte auf das Schild neben mir.

Parken nur für Gäste. »Die Pension erinnert an ein Spukhaus, oder?« warf Marc mir zu, bevor er sich wieder ins Auto setzte. »Das kannst du laut sagen«, flüsterte ich und warf noch einen letzten Blick darauf. Das Haus hatte eine dunkelgraue Fassade. Eiszapfen hingen an den Dachrinnen.

»Wir wurden offenbar erwischt. Ich sollte noch einmal klopfen und mich entschuldigen.«

»Echt?« Marc wirkte überrascht. »Das alte Haus sieht ziemlich verlassen aus. Steig ein, lass uns weiterfahren.«

»Ich habe ein schlechtes Gewissen.« Zögerlich wandte ich mich von unserem Auto ab und ignorierte Marcs genervtes Stöhnen.

Tock, tock! Ich ignorierte das *GESCHLOSSEN*-Schild und klopfte. Fest und laut.

Tock, Tock! Da sprang die Tür auf.

»Huch«, sagte ich leise und suchte nach einer Klingel. Erfolglos. »Hallo?« Ich öffnete vorsichtig die Tür.

Ich durfte jetzt nicht zu Marc blicken, er würde mich davon abhalten wollen.

Doch meine Neugier war genauso groß wie meine Angst. »Hallo?«, rief ich durch den kleinen Spalt. »Entschuldigung, haben Sie geöffnet?« Es schallte. Mir kam ein muffiger Geruch entgegen. Es roch nach altem Leder.

Ich setzte neugierig einen Fuß hinein. Es war eine Gaststätte und kein Haus, das ich unbefugt betrat. Und ich brach auch nicht ein, die Tür war aufgesprungen. Ich würde mich nur kurz umsehen.

Der Flur war dunkel, die Kommode an der linken Wand mit einer Folie bedeckt.

»Hallo?«, rief ich erneut, erhielt jedoch keine Antwort. Ich schlich zögernd in die Küche, verstaubt und unbewohnt. Hier war lange keiner mehr gewesen. Doch wen hatte ich vorhin gesehen?

»Maddy?«, flüsterte es aus dem Flur.

Ich zuckte zusammen.

Marc steckt seinen Kopf in die Küche. »Was tust du hier?«, flüsterte er. »Du kannst doch nicht unbefugt ein fremdes Haus betreten und hier rumschnüffeln!«

»Ich habe vorhin jemanden gesehen, als ich am Fenster stand«, sagte ich leise.

Er schüttelte den Kopf. Er fasste sich mit beiden Händen an den Kopf.

Ich kicherte. Die Aktion war etwas verrückt.

»Luis ist alleine im Auto, jetzt lass uns gehen.«

Er nahm meine Hand, und wir schlichen langsam wieder hinaus.

»Lass uns zusehen, dass wir hier wegkommen.«

Wir sprangen ins Auto und ich kicherte laut los.

Auch er konnte sein Schmunzeln nicht verstecken.

»Du bist mir eine. Einfach mal in ein fremdes Haus reinspazieren und sich umschauen. Wonach hast du denn gesucht? Nach dem Bad?«

Ich zog die Schultern hoch. »Ich war neugierig, tut mir leid.« Ich lächelte. Es war schön, mal wieder etwas Aufregendes zu erleben. Mit ihm zusammen.

Marc startete den Motor. »Rückwärtsgang und weg hier«, sagte er entschlossen. Doch mein letzter Blick zum Haus ließ mich zusammenfahren. Die Tür stand komplett offen. Eine dunkle Gestalt dahinter. Den Blick auf uns gerichtet.

»Oh mein Gott«, flüsterte ich ängstlich.

»Was ist los?«

»Fahr weiter! Los! Fahr einfach weiter.«

Er blickte in den Rückspiegel. »Was ist denn los? Da ist doch keiner?«

Ich drehte mich zurück.

Die Tür war wieder geschlossen.

»Hast du es auch gesehen? Ich glaube es war eine ältere Frau.«

»Nein, zum Glück nicht«, sagte er und lachte kopfschüttelnd.

»Ich dachte schon, du hast eine Leiche entdeckt. Mach mir doch nicht so eine Angst, Maddy.«

»Scheiße«, flüsterte ich und schüttelte den Kopf. »Das hätte echt nach hinten losgehen können. Sollen wir nicht noch mal zurückfahren und uns für die Unannehmlichkeiten entschuldigen?«

»Nein, auf gar keinen Fall.«

»Na gut«, gab ich nach.

»Versuch dich etwas zu beruhigen, es ist ja nichts passiert.« Er streichelte meine Wange.

»Ja, du hast Recht. Langweilig wird der Urlaub nicht, da bin ich mir sicher.«

Kapitel 8

Zwanzig Minuten hatten wir noch vor uns. Luis war eingeschlafen. Sein Kopf zur Seite geknickt, die Wangen gerötet, die Haare wuschelig. Von Mr. Hopp war keine Spur. Er war höchstwahrscheinlich unter meinen Sitz gefallen.

Ich nahm mein Handy aus der Tasche um einen Blick darauf zu werfen. Mich lachte unser Familienfoto an, das ich als Hintergrundbild hatte.

»Ich freue mich so auf die gemeinsame Zeit mit euch. Meinst du wir haben auch ein paar ruhige Stunden für uns?« Er schaute mich grinsend an.

Ich blickte von meinem Handy auf. »Es ist ja nicht so, als würdest du mich das zum ersten Mal fragen«, antwortete ich frech.

Er verzog seine Lippe. »Heißt das jetzt ja oder nein?«

»Bestimmt«, antwortete ich. »Darf ich dich auch etwas fragen? Kannst du mir bitte erklären, was es mit dem Brief auf sich hatte?«

Stille. »Bitte.«

»Du hast gestern Abend ziemlich viel getrunken«, antwortete er sachlich.

»Das weiß ich, aber ich werde mir nicht eingebildet haben, dass ich eine Anmeldung mit meinem Namen darauf in den Händen hielt.«

»Wäre ja nichts Neues«, sagte er so leise, dass ich es gerade so hören konnte.

»Was meinst du damit?«

»Schatz, jetzt entspann dich. Ich möchte nicht streiten, lass uns bitte einfach die Zeit zusammen genießen.«

Er hatte Recht. Unsere Ehe kam in letzter Zeit zu kurz. Ich hatte mir fest vorgenommen, diesen Urlaub zu genießen und keine negativen Gedanken aufkommen zu lassen. Den Vorfall an Weihnachten vorerst zu verdrängen.

»Wir sind gleich da, schau mal«, lenkte er ab. Er zeigte vor uns zu der Bergkulisse, die in den Himmel ragte. Die Spitzen mit Schnee bedeckt. Freude stieg in mir auf.

»Welcher Berg ist der höchste? Was meinst du?« Jetzt grinste er. Er wollte vom Thema ablenken und hatte es geschafft. Er war ein intelligenter Mann. Das machte ihn neben seinem Aussehen attraktiv. Im Allgemeinwissen schlug er mich. Dafür hatte ich andere Stärken.

»Und soll ich es dir verraten?« Er pikste mich in die Taille. »Der Großglockner! Und weißt du, wie hoch er ist? Komm schon, schätz einfach.«

Ich schaute ihn fragend an. Schüttelte verzweifelt den Kopf. Auch im Schätzen war ich eine Niete. »3.798 Meter! Und weißt du eigentlich, wie Berge entstehen?«

Ich verdrehte die Augen. »Schatz, heb dir die Antwort auf, du wirst die nächsten Tage genug Zeit haben.« Ich streichelte seinen Arm. »Weißt du, wie sehr ich es vermisst habe, in deiner Nähe zu sein?« Ich liebte diesen Mann. Damals wie heute. »Wieso haben wir eigentlich keine Pause in München gemacht, da hätten wir kurz auf den Weihnachtsmarkt gehen können«, schlug ich ihm vor, als ich in der Seitentür eine leere Tüte gebrannte Mandeln entdeckte.

Er schaute einen kurzen Moment zu mir rüber, bevor er sich wieder konzentriert der Straße widmete. »Wie kommst du darauf?«

Ich nahm die leere Tüte aus der Tür und zeigte sie ihm.

»Warst du mit Luis auf dem Weihnachtsmarkt?«

»Nein, die sind von mir. Und ja, München hättest du mir früher vorschlagen können.«

Im Gegensatz zu mir war er schon öfters in München unterwegs gewesen. Zuletzt im Oktober mit seinem Bruder. Auf dem weltbekannten Oktoberfest. Ohne mich. Ohne uns Frauen.

Nina, Theos Frau, war eine gute Freundin von mir gewesen. Früher zu Unizeiten. Marc und ich hatten die beiden miteinander verkuppelt. Im Gegensatz zu Marc war Theo unscheinbar. Introvertiert. Nina selbstbewusst und laut. Sie stand gerne im Mittelpunkt, war überdreht und tanzte gerne auf

Tischen. Nicht nur in Bars. Aber gerade ihre Art gefiel Theo. Sie ergänzten sich. Meine Freundschaft zu Nina war zerbrochen. Leider. Dafür waren wir miteinander verwandt. Sie fehlte mir. Ich würde wohl nie die Wahrheit erfahren, weshalb sie den Kontakt zu mir abgebrochen hatte.

Wir fuhren an dem Schild *Ehrwald* vorbei. Sechzehn Uhr, es war noch hell. So hatten wir die Möglichkeit, vom Auto aus ein wenig von der Stadt zu sehen.

»Wollen wir direkt in die Unterkunft fahren oder soll ich ein Restaurant suchen? Ich sterbe vor Hunger!«

»Ich bin dafür, dass wir erst einmal unser Gepäck aufs Zimmer bringen und uns dann auf den Weg in ein Restaurant machen. Was meinst du?« Ich lächelte ihn an.

»Na gut«, gab er nach.

Ich schaute aus dem Fenster heraus. Die Stadt war leer. Die Geschäfte waren alle geschlossen. Wir fuhren eine schmale, kurvige Straße entlang, die uns laut Navi zu unserer Unterkunft führen sollte.

»Auch wenn hier nichts los ist, die Aussicht ist wunderschön.« Ich schaute zu den wuchtigen Gebirgen, die dieses kleine Dorf umgaben. Die Wolken so nah wie in Bilderbüchern. Es übertraf meine Erwartungen.

»Ehrwald … Wie sind wir eigentlich darauf gekommen?« Er kratzte sich an seinem Bart. »Warum sind wir nicht nach Mayrhofen gefahren, da war es doch auch nicht schlecht.« Seine Frage irritierte mich, zumal ich von Ehrwald begeistert war.

»Von Mayrhofen aus hätten wir 150 km zur Zugspitze fahren müssen, Ehrwald schien mir in der Nähe des Berges am attraktivsten.«

»Schau mal, ein Italiener.« Er zeigte rüber auf ein rustikales Restaurant neben einem Zwei-Sterne-Hotel. »Soll ich mal anhalten und mich nach einem Platz erkundigen? So überfüllt, wie es aussieht, muss es hier die beste Pizza geben.«

»Pizza? Wir sind in Österreich! Pizza kannst du auch Zuhause bestellen.« Ich konnte mein Lachen nicht zurückhalten.

Kapitel 9

Schließlich schaffte ich es Marc zu überreden, erst zur Unterkunft zu fahren. Er parkte vor der Pension und wir stiegen aus.

Marcs Arm umschlang meine Taille. »Willkommen im Berghotel Fred.« Ich kicherte.

»Wir sind endlich da«, rief Luis begeistert, als er im Schnee stand.

Eine kleine Unterkunft, direkt vor der gewaltigen Zugspitze. Der weiße Gipfel verschwand hinter den dichten Wolken. Das Panorama war einmalig.

»Wow, und noch einmal wow.«

Auch Marc bestaunte die malerische Aussicht. »Die Fahrt hat sich jetzt schon gelohnt.«

»Kommt, lasst uns reingehen, es ist kalt«, ich biss mir auf die Unterlippe. Sie fühlte sich trocken an und brannte. Ich gab Luis einen Kuss auf den Kopf, er hatte die Fahrt ohne einen Wutanfall durchgehalten. Bevor Marc das Auto abschloss, nahm ich noch schnell Luis´ blaue Bommelmütze aus dem Kofferraum und setzte sie auf seinen Kopf.

Aus der Pension kam eine Frau auf uns zu gerannt. Sie war klein und stämmig, hatte eine braune Schürze um und ein breites Grinsen im Gesicht. »Hallo, ihr müsst die Familie Stone sein.« Sie fasste mir an die Schulter.

Ich zuckte zurück.

Ihre braunen, krausen Haare wirkten ungepflegt, den Lippenstift hatte sie seit dem Morgen offenbar nicht mehr aufgefrischt.

»Die Stones.« Sie lachte. »Kommt ihr aus Amerika?«, fragte sie mit einem gespielten amerikanischen Akzent.

»Hallo, ja, genau. Das nenne ich mal eine nette Begrüßung. Vielen Dank.« Er lächelte strahlend zurück. »Und nein, wir sind aus Mainz«, antwortete Marc, ohne zu erwähnen, dass Anns erster Ehemann ein Amerikaner gewesen war und seine Mutter den Nachnamen behalten hatte.

Die Frau konnte ihre Augen nicht von ihm lassen. Sie kicherte. »Kommt rein. Ich zeige euch euer Zimmer. Unser Chalet wird euch gefallen.«

»Unser was?«, flüsterte ich Marc zu.

»Erkläre ich dir gleich.« Er lachte und zog unseren Koffer hinter sich her.

Wir betraten die rustikale, gemütlich wirkende Pension.

»Die meisten unserer Möbelstücke sind handgefertigt«, sagte sie gut gelaunt. Ob sie die Besitzerin der Pension war?

Wir folgten ihr durch den schmalen Flur. Als wir vor dem kleinen Tresen stehen blieben, schielte ich in das Zimmer dahinter.

Es war ein Aufenthaltsraum. An der Decke hing eine große Lampe aus einem Hirschgeweih. Neben der Sitzbank aus Holz stand ein altes Bücherregal. Ein brauner Ledersessel, der vor dem ausladenden Kamin platziert worden war, setzte ein Akzent in diesem Raum. Ich mochte den Geruch von brennendem Holz. Am liebsten würde ich mich mit Marc davorlegen, dem Knistern lauschen und die Wärme genießen. Vielleicht sollten wir es in Erwägung ziehen, uns nächstes Jahr ein Ferienhaus zu mieten.

Luis griff nach einem Spekulatius, während die Frau aus ihrer Schublade einen Schlüssel herauskramte, den sie Marc in die Hand drückte. »Damit kommt ihr abends ab 21 Uhr in die Pension. Frühstück gibt es morgens zwischen sieben und zehn Uhr, direkt hier vorne im Frühstücksraum.«

Luis zog an meiner Jacke. »Mama, ich habe keine Lust mehr.«

»Oh, armer kleiner Mann. Dann möchte ich euch nicht weiter aufhalten und zeige euch euer Zimmer, damit ihr euch ausruhen könnt. Folgt mir.«

Am Ende des Flures blieb sie vor einer Tür stehen. Sie drückte die Klinke herunter.

»Gibt es keinen Schlüssel für die Zimmertür?«

Sie schaute mich verdutzt an.

»Das hatte ich vergessen zu erwähnen. Wir sind eine kleine Unterkunft und vertrauen unseren Gästen und sie vertrauen uns. Wertsachen könnt ihr aber gerne in eurem Safe verstauen.«

Ich schaute Marc fragend an, der entspannt mit den Schultern zuckte. Wohl fühlte ich mich nicht bei dem Gedanken, dass jeder in unserem Zimmer rein- und rausspazieren konnte.

Das Zimmer war groß und traditionell eingerichtet. Vor dem Fenster stand ein kleiner, geschmückter Tannenbaum. Darunter lagen drei Päckchen.

Die Frau folgte meinen Blicken und bevor ich sie fragen konnte, sagte sie, »die Geschenke stehen nicht zur Deko unter dem Tannenbaum. Sie sind für euch. Über Weihnachten seid ihr unsere einzigen Gäste. Wenn ihr mich braucht, dann sagt Bescheid.« Sie ging hinaus und schloss die Tür hinter sich.

»Kein Zimmerschlüssel? Ist das ein Scherz?« Ich schüttelte mit dem Kopf.

Marc ließ sich neben Luis ins Bett fallen. »Mach dir keine Sorgen, wir sind die einzigen Gäste, hast du doch gehört. Sie wird uns schon nicht beklauen.«

Ich sah mir das Zimmer genauer an. Über dem Bett hing ein historisches Gemälde von einem Jungen in traditioneller Tracht vor einer Bergkulisse. Daneben hing ein Jesus-Kreuz.

Als Marcs Magen knurrte, stemmte er seine Hände in die Hüften. »Lasst uns zum Italiener gehen«, forderte Marc erneut.

»Pizza, Pizza.« Luis sprang auf dem Bett herum.

»Was hältst du davon, wenn du mit Luis Pizza holst und ich erst einmal unter die Dusche springe? Ich bin so erschöpft.«

Er zögerte kurz und nickte dann. »Klar, eine gute Idee. Komm Luis, wir gehen lecker Pizza holen.« Luis griff nach seiner Hand, und beide verschwanden innerhalb kürzester Zeit aus dem Zimmer.

Wenige Minuten später hörte ich den Motor unseres Wagens. Ich schaute aus dem Fenster und sah es wegfahren.

Mein Hals fühlte sich trocken an. Ich begab mich auf die Suche nach einer Minibar. Erfolglos. Ich zog mir schnell meine Sneakers an und verließ das Zimmer in Richtung Aufenthaltsraum, um nach einer Flasche Wasser zu fragen. Der dunkle Laminatboden unter meinen Füßen knarzte. Das war mir vorhin nicht aufgefallen.

An den Wänden hingen Fotos. Die Frau, die uns empfangen hatte, musste die Besitzerin sein. Sie war fast auf jedem Foto. Auf den meisten Bildern mit einem grauhaarigen, attraktiven Mann. Er war sicherlich ihr Ehemann. Und auch Kinder waren zu sehen. Zwei Mädchen und zwei Jungs.

»Kann ich dir helfen?«

Ich zuckte zusammen. Ein großer, attraktiver Mann stand vor mir. Ich erkannte ihn von den Fotos wieder.

»Entschuldigung. Ja, ich wollte nach einer Flasche Wasser fragen.«

Er lächelte mich mit seinen schneeweißen Zähnen an und nahm seine Brille ab. »Natürlich, hole ich dir sofort. Darf ich dir auch einen Kaffee anbieten?«

Ohne zu zögern, antwortete ich »Oh ja gerne!« Die Dusche konnte warten. Während er sich umdrehte und in den Aufenthaltsraum lief, sah ich ihm hinterher.

In seinem blau-gestreiften Pullover sah er unheimlich gut aus. Er erinnerte mich etwas an George Clooney.

Wie ein schüchternes Mädchen folgte ich ihm in den Aufenthaltsraum. »Setz dich, ich hol den Kaffee und bin gleich wieder bei dir.«

Ich nickte und lächelte zurück. Der Bücherschrank ragte bis an die Decke. Ich war neugierig, öffnete ihn und glitt mit dem Zeigefinger die Buchrücken entlang. Ich hielt inne.

Bis zum Licht, ein ungewöhnlicher Titel für einen Krimi. Ich nahm mir das Buch und setzte mich in den breiten, braunen Sessel. Das brennende Holz zu riechen und das flackernde Feuer anzuschauen, erwärmte mein Herz. Ich genoss die Ruhe nach der langen Fahrt.

»Den Sessel habe ich von meinem Opa geerbt«, sagte Fred, als er aus der Küche kam. Er stellte die Flasche Wasser und den Kaffee auf den kupferfarbenen Metalltisch neben mir, der überhaupt nicht zur restlichen Einrichtung passte, und setzte sich auf die Holzbank.

Ich hoffe, euch gefällt unsere kleine Unterkunft. Seid ihr mit eurem Zimmer zufrieden? Es ist das größte hier im Haus.«

Ich blickte auf.»Ja, vielen Dank! Wir fühlen uns sehr wohl.«

Dass ich seine Frau schräg fand und auch die Zimmer ohne Zimmerschlüssel nicht tolerieren wollte, erwähnte ich nicht. Ich nippte an dem heißen Kaffee. Er war stark.

»Ich bin übrigens Fred.« Was für ein altmodischer Name für diesen gutaussehenden Mann.

»Maddy.« Ich streckte ihm meine Hand entgegen.

Er schüttelte sie und sein Blick fiel auf das Buch, das ich in der linken hielt.

»Das ist gut, kann ich empfehlen, kannst du gerne mit aufs Zimmer nehmen.«

»Danke, das Angebot nehme ich gerne an.«

»Wart ihr schon mal in Österreich?«

»Ja, es ist aber etwas länger her.«

»In Ehrwald?«

»Nein, Mayrhofen.«

»Ach«, sagte er mit hochgezogenen Brauen. »Ich hoffe, ihr erwartet nicht allzu viel von unseren Skigebieten.«

Ich schüttelte den Kopf. »Nein, keine Sorge. Wir wollen nur ein paar schöne, friedliche Tage im Schnee verbringen.«

»Friedliche Tage werdet ihr hier finden. Wenn man irgendwo zur Ruhe kommen kann, dann in Ehrwald.«

Ich kippte den letzten Schluck Kaffee herunter und stellte die Tasse zurück auf den Tisch. »Danke für das Wasser und den Kaffee.« Ich lächelte ihm noch ein letztes Mal zu, bevor ich den Raum verließ. Ich schlenderte langsam Richtung Zimmer. Mein Blick blieb an der Fotowand im Flur hängen. Auf einem Foto war eine Mutter mit einem kleinen Mädchen zu sehen, etwa in Luis' Alter. Sie lächelten nicht. Sahen mehr verängstigt aus. Sie hielt die Hand ihrer Tochter verkrampft fest und starrte blass in die Kamera. Als hätte sie einen Geist gesehen. Als hätte man sie zu diesem Foto gezwungen.

Maddy, deine Fantasie geht wieder mit dir durch.

Doch ich konnte mich nicht von dem Bild losreißen, es jagte mir Angst ein. Es war vermutlich hier in der Pension gemacht worden. Das Zimmer ähnelte unserem.

Ich verschüttete etwas Kaffee auf den Boden. »Mist!« Ich sah hinunter. Dann auf meine Hand, in der ich die Tasse hielt. Ich hatte doch eben den letzten Schluck ausgetrunken und die Tasse zurück auf den Tisch gestellt. Wieso war sie halbvoll in meiner Hand?

Ich schüttelte den Kopf. *Maddy, du brauchst eine heiße Dusche und ganz viel Schlaf.*

Kapitel 10

Wie viele Menschen das Buch wohl in der Hand gehalten hatten? Das Papier war vergilbt. Der gelbe Schleier zog sich durch alle Seiten. Mein Magen knurrte. Ich legte das Buch weg und schaute auf mein Handy. Seit über einer Stunde war ich allein auf dem Zimmer. Wo blieben die beiden? Sie mussten sich dafür entschieden haben, im Restaurant zu essen. Wahrscheinlich hatte Marc dem Duft der frisch gebackenen Pizza nicht widerstehen können. Verständlich. Hätte ich auch nicht. Ich freute mich auf das Essen. Und das Schlafen im Anschluss. Ich gähnte. Die Fahrt war lang und anstrengend gewesen. Ich dachte einen Moment lang an den gruseligen Vorfall von heute Nachmittag. An die Gestalt, die an der Tür stand. Ich stellte mir vor, wie die Person sich über uns geärgert haben musste. Ob Sie sogar die Polizei verständigt hatte?

Ich gähnte und beschloss trotz der Müdigkeit ein wenig weiterzulesen. »Super Empfehlung, Fred.« Ich hatte lange nicht mehr so etwas Langatmiges gelesen. Mit Schwung sprang ich aus dem Bett und schlüpfte erneut in meine Sneakers, um mich auf den Weg zum Aufenthaltsraum zu machen.

Ich hoffte, Fred nicht anzutreffen. Was sollte ich ihm antworten, wenn er mich fragte, wieso mir der Roman nicht gefiel? Wieso ich nicht die Ausdauer hatte, ein paar Kapitel weiterzulesen?

Ich huschte leise über den Flur, schielte in das Aufenthaltszimmer und legte den Krimi wieder in den Bücherschrank zurück. In der Hoffnung, nicht dabei erwischt zu werden. Da entdeckte ich einem Roman von Stephen King. Einen Klassiker. »Danke, lieber Gott.« Das Internet hier war eine Katastrophe. Und vier von fünf Büchern in unserem Koffer waren Kinderbücher. Außer dem Ticken der Uhr und das Knistern des Holzes aus dem Kamin, war es unheimlich still in der Pension.

Fred und seine Frau waren nicht zu sehen. Auch nicht zu hören. Die Pension wirkte vollkommen verlassen.

Auf Zehenspitzen schlich ich den Flur entlang zurück und stoppte erneut an der Bilderwand. Ich beschloss, das Foto von der Frau und dem Mädchen genauer anzuschauen, suchte die Wand ab, doch ich fand es nicht. Wo war es hin? Ich scannte jeden Bilderrahmen. Mehrmals. Das Foto war verschwunden. Mein Blick wanderte zum Boden. Der Kaffeefleck war auf dem beigen Teppich zu sehen. Ich berührte ihn. Er war noch feucht. Eingebildet hatte ich mir das Foto also nicht. »Seltsam«, flüsterte ich.

Ob Fred es abgenommen hatte?

Mit einem flauen Gefühl im Magen ging ich zurück auf unser Zimmer und ließ mich ins Bett fallen.

Zur Erleichterung hörte ich von draußen Luis'
Stimme. »Margarita mit ganz viel Käse aus den
Bergen!«, rief Marc mir zu, während er die Tür mit
seiner Hüfte aufstieß.

Luis machte keine Anstalten, ihm zur Hand zu
gehen.

»Liebling, hilf doch mal dem Papi«, forderte ich ihn
auf.

»Nö«, er lachte und sprang zu mir aufs Bett.

»Das ist aber gar nicht nett. Da wird der Papi aber
traurig sein.«

»Aber Mami, es gibt Pizza.« Marc legte die Schachtel
auf den kleinen Schreibtisch.

Ich drückte Luis an mich und setzte mich an die
Bettkante. Es roch himmlisch. Nach Tomate und Käse.
»Wo wart ihr so lange? Ich habe mir schon Sorgen
gemacht.«

»Luis und ich hatten so einen Bärenhunger, dass wir
es nicht bis zur Pension aushalten konnten. Wir haben
dort gegessen.«

»Mama, meine Pizza war viel größer als deine.«

»Ach ja, ist das so?« Ich zwinkerte Luis zu.

»Konntest du dich etwas ausruhen?«, fragte mich
Marc und ließ sich in den Sessel fallen, der neben dem
Bett stand.

»Ich habe den Eigentümer der Pension
kennengelernt.«

»Echt? Ich dachte, das kleine Moppelchen führt das alles hier.«

»Jetzt sei nicht so gemein!«, meckerte ich ihn an.

»Ach komm, du denkst doch genauso«, antwortete er und lachte dabei frech. Ich versuchte mir ein Grinsen zu unterdrücken. Sie war mir alles andere als sympathisch.

Ich klappte nach dem vierten Stück Pizza den Karton zu und schob ihn von mir weg. Es war Zeit Luis bettfertig zu machen.

»Es ist schon spät geworden, Luis. Wir müssen uns jetzt langsam fertig für das Bett machen«, forderte ich ihn auf. »Los, komm, ab ins Bad!«

»Na gut«, gab er nach.

Im Vergleich zu dem großen Zimmer, das wir hatten, fiel das Bad mickrig aus. Zwei Personen passten gerade so rein. Nachdem wir uns die Zähne geputzt und uns umgezogen hatten, brachte ich Luis in das Bett, das in dem Verbindungszimmer neben uns stand. Klein, aber für ein Kind ausreichend.

»Mama, kann ich nicht bei euch schlafen?«, flehte er.

»Schau mal, wir sind doch direkt nebenan. Wenn du möchtest, lasse ich die Tür auf.«

»Na gut«, erwiderte er.

Ich gab ihm einen Kuss, deckte ihn zu und konnte es selbst kaum abwarten, zu schlafen.

»Mama, das Mädchen heute sah aus wie Emma.«

»Welches Mädchen? Habt ihr jemanden kennengelernt?«

Luis schüttelte den Kopf.

»Na gut, und denk daran, die Geschenke unter dem Tannenbaum müssen wir morgen unbedingt auspacken.«

Er zog die Bettdecke bis zu seinem Kinn. »Ich meine unsere Emma«, nuschelte er leise, als ich das Zimmer verließ.

In Leggings und meinem Flanell-Kuschelpullover kuschelte ich mich vorsichtig an Marc, der schon eingeschlafen war. *Ich liebe dich.*

Kapitel 11

Als wir am nächsten Morgen den Frühstücksraum betraten, empfing uns Su mit einem breiten Grinsen. »Ihr seid so eine süße kleine Familie«. Dabei berührte sie mich wieder an der Schulter. »Fred und mir gehört diese Pension, wenn ihr etwas braucht, sagt uns gern Bescheid.«

Ich zwang mich zu einem Lächeln. Auch Marc nickte nur. Von Tag eins auf fand ich sie unsympathisch, zu aufdringlich. Su war kein typischer Name für jemanden aus Österreich. Vielleicht war Su die Abkürzung für Susanne.

Mit einer großen silbernen Kaffeekanne kam sie zu unserem Tisch, der als einziger gedeckt war. »Was möchtest du essen, mein Kleiner? Eier oder Waffeln?«, fragte sie Luis, während sie mir Kaffee einschenkte.

»Waffeln!« Luis' Augen glänzten vor Freude. »Darf ich mithelfen?«, flehte er Su an.

»Ja, klar, komm mit!«

Mit zügigen Schritten verschwanden beide in der Küche.

Kurze Zeit später verbreitete sich eine himmlische, süße Duftwolke im Raum.

»Der Kaffee ist wirklich gut. Vielleicht sollten wir mal wieder neue Kaffeebohnen ausprobieren, unser Kaffee schmeckt mir gar nicht mehr.«

»Oder du trinkst zu viel«, ärgerte ich ihn.

Er kniff mich in den Oberarm. »Ich will dich mal sehen, wie du morgens aufstehst und ohne Kaffee eine Runde joggen gehst.«

»Na ja, zehn Tassen Kaffee würden mich auch nicht zum Joggen überreden«, konterte ich. Luis brachte uns einen Teller Waffeln und verschwand erneut in der Küche.

»Wie war es eigentlich beim Italiener, gestern Abend?«

Er schaute von seiner Zeitung auf. »Gut, warum fragst du? Die Pizza hat doch geschmeckt, oder nicht?«

»Darum geht es mir nicht. Habt ihr wen kennengelernt?«

»Meinst du Fabio, den Kellner?« Er lachte. »Worauf möchtest du hinaus?«

»Luis wirkte gestern Abend etwas beunruhigt. Er sprach von einer Emma.«

Marc verschüttete Kaffee aus der Tasse. »Was hat er gesagt?«, fragte er leise. Zögernd.

»Er habe Emma gesehen. Die von der Kita?«

Er schluckte. »Außer mit dem Kellner haben wir mit keinem gesprochen. Und an ein anderes Kind kann ich mich erst recht nicht erinnern.«

»Mama, Papa! Guckt mal, was ich für euch gemacht habe.« Luis hatte ein volles Glas in der Hand und eine Haarsträhne im Auge. Langsam, Schritt für Schritt näherte er sich uns. »Ich habe mit Su Smoothies gemacht.« Er grinste.

Nach dem Frühstück spazierten wir einen verschneiten Waldweg nahe unserer Unterkunft entlang. Wir zogen Luis auf dem Holzschlitten hinter uns her. Auf dem hatte ich damals selbst gesessen. Meine Arme um meine kleine Schwester gelegt, unser Vater als Kutschpferd vor uns.

Der Schnee knirschte bei jedem Schritt unter unseren Schuhen.

Zwei Stunden wanderten wir durch die wunderschöne Winterlandschaft bergauf. In der stillen Natur gab es viel zu entdecken. Gefrorene kleine Bäche, Eiszapfen und geheimnisvolle Tierspuren im Schnee. Für Luis war es ein aufregender Ausflug. Mit beiden Händen hielt er sich am Schlitten fest und ließ sich von Marc ziehen.

Ich atmete die frische Luft tief ein. »Es ist traumhaft hier. Ich bin froh, dass wir uns für diesen Urlaub entschieden haben. Dass wir hier sein können, durch den Schnee stapfen können, statt auf der Couch zu sitzen und durch das Fenster den Regen draußen zu beobachten.«

Die Winter in Mainz waren lang und nass. Wir trugen statt Winterstiefel, Gummistiefel. Das Wetter war deprimierend.

»Die Deutschen sind wieder zurück«, begrüßte uns Su, als wir sie im Flur antrafen. »Ihr seid pünktlich zum Tee da.« Sie winkte uns in den Aufenthaltsraum.

Er roch süßlich, nach Vanille und Zimt.

Luis rieb sich die Augen.

»Bist du müde?«, fragte ich ihn, als er sich an mich schmiegte. »Willst du dich etwas hinlegen?«

Er nickte.

»Ich bringe ihn kurz aufs Zimmer und bin gleich wieder zurück. Soll ich deine Jacke mitnehmen?« Marc reichte mir seine Jacke rüber und schmiss sich auf den großen Sessel im Aufenthaltsraum.

Ich legte mich mit Luis zusammen ins Bett. Auch mich überkam plötzlich die Erschöpfung. *Nur 5 Minuten die Augen schließen.* Die Bergluft hatte uns allen gutgetan. Ich hatte es genossen, Marcs Aufmerksamkeit zu bekommen, mit ihm zu sprechen. Zweimal sagte er: »Ich liebe dich.« Zweimal mehr als in den letzten Jahren.

Ich schaute auf mein Handy. Zehn Minuten war ich weggetreten. Auch Luis war inzwischen eingeschlafen. Ich schlüpfte in meine Sneakers, warf mir meine beige Strickjacke über und machte mich wieder auf den Weg zu Marc.

Die weiße Teekanne mit blauem, japanischem Muster stand auf dem Tisch.

Marc war vertieft in seine Zeitung.

»Darf ich mich neben dich setzen?« Ich schob die Bank hinüber zu ihm und setzte mich. Dabei erwärmte ich meine Hände vor dem Kamin.

»Na, ist dir etwa kalt?« Er blickte von seiner Lektüre auf und gab mir einen Kuss auf die Schläfe.

»Ich habe ein Powernap gemacht. Ist vielleicht Su in der Nähe? Ein Kaffee wäre jetzt nicht schlecht.«

»Ich glaube, sie ist vorhin die Treppen hochgegangen. Sieh mal, Schatz.«

Er zeigte auf einen Zeitungsartikel mit der Überschrift *Die neue Seilbahn soll Touristen aus aller Welt locken.*

Ich schielte auf den Artikel. »Steht darin etwas von der Frau und ihrem Kind? Wurden sie gefunden?«

Er biss sich auf die Unterlippe. »Ich lese hier nichts von Einschränkungen.«

»Wie meinst du das?« Ich schüttelte irritiert den Kopf.

»Dass wir mit der Seilbahn fahren können. Ich hoffe, das Wetter macht mit.«

»Interessiert dich nicht, was passiert ist?«

Er stöhnte auf. »Du solltest endlich aufhören, dich verrückt zu machen.«

Bevor ich mich über seine patzige Antwort aufregen konnte, fiel mein Blick auf ein Foto im Lokalteil. »Da! Erkennst du sie wieder?«, schrie ich auf. Ich nahm ihm die Zeitung aus der Hand. Schaute mir das Bild genauer an. Ich tippte nervös auf das Foto. »Ich kenne diese Frau!«

Er musterte mich, als hätte ich sie nicht mehr alle. Mit hochgezogenen Augenbrauen schüttelte er den Kopf.

Ich war mir zu hundert Prozent sicher. Das war die Frau von dem Foto im Flur. Vielleicht war es die Tochter von Fred und Su. Oder sie war ein Gast gewesen.

Marc stand auf. »Ich gehe mal nach Luis schauen.«

»Was soll das denn jetzt bitte? Marc!« Fassungslos schaute ich ihm nach, und dann wieder zurück auf das Foto. Ich erinnerte mich wieder. Sie war nicht nur auf dem Foto im Flur, sondern auch auf dem Foto aus der Eilmeldung während der Dokumentation im Fernsehen. Sie war die vermisste Frau aus der Seilbahn.

Ich musste Fred und Su fragen. Ich musste herausfinden wer sie war. Und weshalb das Foto nicht mehr an der Wand hing. Ich würde sie jetzt einfach fragen. Ich musste. Ich sprang auf, marschierte zur Küche und klopfte laut an. Ich klopfte fester. Ich hörte nichts außer der Geschirrspülmaschine. »Hallo? Entschuldigung?«

Marc eilte zurück zu mir. »Was tust du?«

»Fred? Hallo?«

»Was tust du, Maddy?« flüsterte Marc in einem kräftigen Ton und griff mich am Arm.

»Ist das nicht seltsam, dass wir hier immer alleine sind?«

»Was ist dein Problem? Was ist los mit dir, Maddy?«

Ich ging zurück zum Tisch, nahm die Zeitung in die Hand und hielt sie ihm vor das Gesicht. »Sieh dir das Foto an!«

»Ja, und?«

Ich zog ihn an seinem Ärmel. »Los, komm schon, ich will dir etwas zeigen.« Ich zerrte ihn in den Flur zur Fotowand. »Hast du dir die Bilder mal angeschaut?«, flüsterte ich ihm zu.

»Nur flüchtig, was willst du mir sagen? Komm zum Punkt!«

Ich wusste nicht so genau, wie ich es ihm erklären sollte. Als wir vor der Bilderwand im Flur standen, scannte ich die Fotos ab, die perfekt angeordnet waren. »Hier, in diesem Rahmen.« Ich zeigte auf das dritte Bild in der Mitte, weiß eingerahmt, Su mit ihrer Tochter in Skisachen posierend.

»Dort war gestern noch ein Foto von der Frau und dem Mädchen. Die, die aus der Seilbahn verschwunden sind.«

Er sah mich entsetzt an. »Es ist keiner verschwunden, Maddy!« Er lachte verkrampft.

»Wieso glaubst du mir nicht? Wieso bist du so zu mir?«

»Ich weiß wirklich nicht, wie ich mit dir umgehen soll.«

»Du nimmst mich nie ernst! Wie konnte sich unsere Beziehung so entwickeln?«

»Maddy, ich will nicht streiten. Jetzt beruhige dich erst einmal. Es ist keiner aus der Seilbahn verschwunden. Nicht gestern und nicht heute.«

»Wie meinst du das? Ich habe es doch im Fernsehen gesehen.«

Er schüttelte den Kopf. Wirkte betrübt. Traurig.

»Tust du mir einen Gefallen? Bitte ruf doch deine Schwester an und sprich mit ihr.«

»Meine Schwester? Was hat sie denn damit zu tun?«

Er antwortete nicht.

Kapitel 12

Mein Magen grummelte. Ich hatte seit dem Frühstück nichts mehr gegessen.

Schweigend saßen Marc und ich seit über zwei Stunden im Aufenthaltsraum. Er war vertieft in seine Zeitung, ich in meinen Roman.

»Was meinst du, heute Abend Kaiserschmarrn?«

»Klar.« Ich zuckte mit den Schultern.

Die Eingangstür schlug laut zu, sodass wir kurz aufschreckten. Fred betrat die Pension, klopfte seine Schuhe laut ab und betrat den Aufenthaltsraum. »Was für ein Winter! Heute kommt hier keiner weg, der Parkplatz ist meterhoch zugeschneit. Ihr müsst den Abend wohl bei uns verbringen.« Er stellte sich an das Fenster und sah auf den Parkplatz raus. »So viel Schnee wie in diesem Winter hatten wir lange nicht mehr.«

»Fred, können wir kurz sprechen?«

Marc kniff mich in die Taille. »Lass es bitte.«

Ich warf ihm einen abweisenden Blick zu.

»Lass uns später noch einmal darüber reden, ja?« Er schaute mich bittend an. »Fred, Lust auf eine Runde Karten spielen?«

Ich war irritiert und gleichzeitig genervt. Was sollte das? Während sich der Pensionsbesitzer auf ein Gespräch mit Marc einließ, beschloss ich nach Luis zu schauen. Sie beide waren so vertieft in ihr Gespräch, dass ich kommentarlos das Zimmer verlassen konnte. Im Flur angekommen blieb ich erneut an der Fotowand stehen. Immer und immer wieder musste ich mir die Fotos anschauen. Su hatte sich nicht verändert. Das Grinsen, die breiten Hüften und das krause, schwarze Haar.

Ich sollte aufhören, andere zu verurteilen. Mir eine negative Meinung über sie zu bilden, ohne sie zu kennen. Su schien nett und fürsorglich zu sein. Ich schätzte ihren Umgang mit Luis. Ich sollte auf sie zugehen, sie besser kennenlernen.

Und vielleicht würden wir nächstes Jahr wieder herkommen. Die Ruhe in der Pension genoss ich ziemlich. Es war alles sehr heimelig. Gemütlich. Wir hatten erst die Überlegung, eine Airbnb-Wohnung zu buchen. Im Nachhinein war ich froh darüber, dass wir uns dagegen entschieden hatten. Mir war nicht wohl dabei, in einer privaten Unterkunft zu bleiben, die von fremden Menschen angeboten wurde.

Und da fiel mir wieder die Mutter ein, die mit ihrer Tochter verschwunden war. Wie schrecklich das für die Familie sein musste. Marc würde es nicht ertragen, wenn er uns beide verlieren würde. Er liebte uns mehr als alles andere. Dieser Gedanke machte mich traurig. Wir beide wollten diesen Urlaub so sehr. Mehr Nähe und Liebe. Vielleicht würden wir es nicht schaffen. Uns trennen. Eine Träne floss mir die Wange herunter.

Ich musste mich sammeln. Ich machte mir wieder zu viele negative Gedanken. Vielleicht war es die Angst vor der Seilbahn, die ich unterdrückte. Für mich war es nicht leicht, mit meinem kleinen Sohn mit der Bahn zu fahren, in der zwei Personen spurlos verschwunden waren. Manchmal steigerte ich mich in Dinge emotional hinein.

Ich betrat leise das Zimmer, in dem Luis schlief.

Ich setzte mich zu Luis ans Bett, streichelte sanft seinen Rücken, um ihn zu wecken. Alle Probleme verschwanden beim Anblick meines Kindes.

»Mama?«

»Na, mein Schatz, hast du gut geschlafen?«

Seine Stirn war verschwitzt. »Mama, wo ist Emma?«

»Emma aus dem Kindergarten? Hast du von ihr geträumt?«

Er drehte sich um. Drückte Mr. Hopp fest an sich.

Ich legte mich zu ihm. »Wollen wir gleich aufstehen, duschen und Abendessen? Du hast bestimmt einen Monsterhunger, oder?« Er lachte. »Noch ein bisschen kuscheln, ja?«

In dieser Nacht schlief ich sehr unruhig.

Als ich kurz aufwachte, bemerkte ich, dass Marc nicht neben mir lag.

Ich schielte durch Luis' Tür, doch auch in seinem Bett lag er nicht. Wo konnte er um diese Zeit sein?

Als ich durch das Fenster blickte, entdeckte ich ihn an unserem Auto.

Er war am Telefonieren, gestikulierte wild mit seinen Armen. Das machte er immer, wenn er wütend war. Ich fragte mich, mit wem er sprach. Seit über zehn Minuten. Zehn Minuten, die ich hier am Fenster verbrachte und ihn beobachtete. Er telefonierte ungern und erst recht nicht um diese Uhrzeit, mitten in der Nacht. Draußen in der Kälte. Wie lange er wohl schon da an unserem Auto stand?

Vielleicht war seinen Eltern oder seinem Bruder etwas zugestoßen? Sollte ich mich bemerkbar machen, an das Fenster klopfen, ihn reinwinken?

Er drehte sich in meine Richtung.

Schnell versteckte ich mich hinter der Gardine und schlang meine Arme um mich. Mein Herz pochte. In meinem Nacken kribbelte es, dennoch trat ich erneut mutig an das Fenster. Er stand nicht mehr dort. Ich ließ meinen Bademantel zu Boden fallen und huschte schnell wieder ins Bett.

Ich hörte ihn den Flur entlanglaufen. Die Tür öffnete sich. Er zog seine Schuhe aus und legte seine Armbanduhr auf den Tisch ab. »Schläfst du nicht?«

Mist, er hat mich ertappt. Ich täuschte ein Gähnen vor. »Du hast mich geweckt, wo warst du denn?«

Er legte sich zu mir, zog die Bettdecke zu sich. »Ach, mir war etwas schlecht, ich war nur ein wenig an der frischen Luft.«

Kapitel 13

Am nächsten Morgen wachte ich mit einem mulmigen Gefühl auf. Ich grübelte darüber, weshalb mir Marc etwas verschwieg. Ich fragte mich, mit wem er in der Nacht telefoniert hatte. Auch beim Frühstück bekam ich es nicht raus.

Fred unterbrach unser Gespräch und empfahl uns ein nahegelegenes Skigebiet. Es war der Tag an dem wir endlich Ski fahren würden. So war zumindest der Plan.

»Er erinnert mich an einen Schauspieler«, sagte Marc, als wir zurück auf unserem Zimmer waren.

»Meinst du Fred? Ja, stimmt, da ist etwas Wahres dran.«

»Du stehst auf ihn, habe ich recht?« Er lachte schelmisch.

Ich drehte mich zu ihm. »Mist, wie hast du das gemerkt?«, und zwinkerte dabei. Dabei nickte ich zum Takt der Musik *Just One Night*. »Was würden wir nur ohne unsere Offline-Playlist tun?«

»Vielleicht ein bisschen rummachen?« Er zog mich zu sich und küsste mich, bevor ich mich wehren konnte.

»Ihhh!« Luis schob sich zwischen uns und drückte uns auseinander.

»Du kleiner Zwerg, dürfen sich Mama und Papa nicht liebhaben?«, fragte Marc ihn, während er ihn kitzelte.

»Nein, ihr habt nur mich lieb!«, sagte er kichernd und versteckte sich hinter mir.

»Luis, wollen wir draußen einen Schneemann bauen?«

Luis Augen weiteten sich. »Ja, Schneemann bauen, Papa.«

»Ich glaube, wir müssen unser Techtelmechtel auf heute Abend verschieben.« Er schmunzelte.

Ich lächelte ihn an. »Wird es dann aber nicht knapp mit unserem Skiausflug? Wir haben schon elf Uhr.«

Er blickte flüchtig auf seine Armbanduhr. »Dann lass uns doch das Skifahren auf morgen verschieben. Wir können heute spazieren gehen, einen Schneemann bauen und Schlitten fahren.«

Ich stöhnte enttäuscht.

»Morgen. Versprochen.« Er streichelte meine Wange.

Ich zog die Augenbrauen hoch. Er kannte meine Antwort. Meine Meinung. »Wehe, wenn nicht.«

»Wir wollten dieses Jahr keinen Skiurlaub, sondern einen wundervollen Familien-Winter-Urlaub machen, oder nicht?«

Da musste ich lachen. »Du schaffst es immer wieder, mich zu überzeugen.«

Marc zwinkerte Luis zu und gab ihm High Five, beide warfen sich aufs Bett und alberten herum. Er war ein so toller Vater. Wie mein Vater damals. Er fehlte mir sehr.

Ich dachte an unsere gemeinsamen Jahre. Schneemann bauen mit Linda und Papa. Jedes Jahr. Und es war nicht bei normalen geblieben, es waren besondere Schneemänner, manchmal Schneefrauen gewesen. Dafür hatte er meiner Mutter einen ihrer teuren Seidenschals, einen Lippenstift, sowie eine Mütze oder einen Hut geklaut. Das hatte sie gar nicht gut gefunden.

Marc bewegte seine Hand vor meinem Gesicht auf und ab. »Träumst du?«

»Mama, kommst du mit nach Draußen?«

»Natürlich!« Ich lächelte ihn an.

»Vielleicht gibt uns Su eine Möhre für die Nase. Ich frage sie, okay?« Luis sprang vom Bett und machte sich auf den Weg.

»Schau mal nach, ob du sie in der Küche findest. Wenn nicht, dann komm wieder zurück, ja?«

»Okay, Mama.« Er öffnete die Tür und wir hörten ihn den Flur entlang laufen.

Während Marc sich seine Jacke anzog, schlüpfte ich schnell in meine Winterstiefel.

Wenige Minuten später, stürmte unser Wirbelwind mit einer Möhre in der Hand ins Zimmer. »Wir können jetzt los.«

»Luis, du musst noch deine Jacke anziehen.« Ich holte sie von der Heizung. »Schau mal, sie ist trocken geworden und schön warm.«

»Darf ich noch mit meinem Auto spielen?« Er rannte zu seinem Spielzeug, das er vor dem Fenster entdeckt hatte und würdigte mich keines Blickes.

»Schatz, ziehst du dich bitte an? Wir wollen raus.«

Er rollte das Auto, das er von Su und Fred geschenkt bekommen hatte, weiter durch das Zimmer. »Ich will nicht mehr raus.« Wütend stampfte er mit den Füßen.

Ich hatte keine Geduld, ihm stundenlang mit seinen Klamotten hinterherzulaufen und ihn zum Anziehen überreden zu müssen. »Marc!«

Er schaute von seinem Handy auf.

»Ich hole mir einen Tee für unterwegs. Magst du auch einen?«

»Willst du nicht erst Luis anziehen?«

»Du siehst und hörst doch, wie gut es läuft.«

Er atmete tief ein. »Luis, du wolltest mit mir ein Schlittenrennen machen, hast du das schon vergessen?«

Jetzt grinste er vor Freude.

Zehn Minuten später standen wir draußen auf dem schneebedeckten Parkplatz.

Draußen wütete der Wind.

Ich suchte nach Ästen für die Arme, während Luis und Marc die Kugeln für den Schneemann rollten. Sie so fröhlich miteinander zu sehen machte mich glücklich. Mir wurde warm ums Herz, obwohl wir draußen unter null Grad hatten.

»Mama, wir brauchen noch einen Hut.« Ich musste an meine Eltern denken und lachte. »Woher soll ich denn jetzt einen Hut zaubern?« Ich schaute mich um. Ich lief zur Pension zurück. Rechts vom Eingang stand ein kleiner schwarzer Eimer. »Ich glaube nicht, dass er für einen Tag vermisst wird.«

Luis sprang mehrmals in die Luft vor Freude. Im nächsten Augenblick schnappte er sich die Möhre und biss hinein.

»Luis!«, riefen Marc und ich gleichzeitig und lachten.

»Stell dich mal zu deiner Mama, ich möchte ein Foto machen.«

Mein Kleiner kam zu mir, ich hockte mich hin und legte meinen Arm um ihn. Jede Erinnerung war so wertvoll. Und es gab nichts Schöneres, als Urlaubserinnerungen auf Fotos festzuhalten.

»Wollen wir jetzt den Schlitten holen?«, fragte Marc, nachdem er sich das Handy in die Hosentasche gesteckt hatte.

»Papa, der Schneemann braucht aber eine Nase.«

»Du hast recht, so angeknabbert sieht er nicht mehr freundlich aus.«

»Darf ich raten, ich darf eine neue holen? Ich muss sowieso kurz aufs Zimmer, mir ist etwas kalt geworden. Ich ziehe mich um.«

Ich lief schnellen Schrittes zurück zur Pension, jeder Atemzug war in der kühlen Luft zu sehen. Vielleicht konnte uns Su für unterwegs ein paar Milchbrötchen und Obst einpacken. Als ich den Flur entlang lief, sah ich unsere Zimmertür offen stehen. Hatte Luis sie nicht geschlossen? Gut, dass es hier keine weiteren Gäste gab. Vorsichtig betrat ich das Zimmer, hielt inne und erstarrte, als ich Su sah.

An meiner Handtasche. Auf der Suche nach etwas.

Su, die meine Sachen durchwühlte.

Sie drehte sich um.

Lächelte.

Sie lächelte, als würde sie mich herzlich begrüßen. Als hätte ich das, was sie getan hatte, nicht gesehen.

Was sollte das?

»Ich muss noch den Mülleimer im Bad leeren.«

»Okay«, stammelte ich. *Maddy, jetzt sag doch etwas*, dachte ich. Aber aus meinem Mund kam nichts heraus.

Mein Blick schweifte durch das Zimmer. Wonach hatte sie gesucht? Neben der unangenehmen Stille hörte ich das Wasser aus dem Wasserhahn im Bad prasseln.

Zügig zog ich meinen Mantel aus und griff in meinen Koffer nach einem dickeren Pullover.

»Ich bin gleich fertig«, rief Su aus dem Bad.

Keine Sekunde länger würde ich sie alleine in unserem Zimmer lassen. Ich würde warten, bis sie den Raum verließ. Mein Herz schlug schneller. Wieso bekam ich nie den Mund auf? Linda würde sie, ohne zu zögern, zur Rechenschaft ziehen. Wir könnten uns umschauen, ob wir nicht in naher Umgebung eine andere Pension finden würden. Nach der Aktion wollte ich nicht länger in dieser Pension bleiben.

Ich sah raus aus dem Fenster zu Marc und Luis.

Wie sollte ich das Marc erklären? Wir hatten doch dem Stress entfliehen wollen. Würde er mir überhaupt glauben, mich ernst nehmen? Ich wusste nicht mehr weiter.

»So, ich bin fertig. Wenn du was brauchst, sag gern Bescheid.« Sie lächelte mich an und schloss die Zimmertür hinter sich.

Bevor ich zurück zu meiner Familie ging, musste ich den Vorfall sacken lassen. Mich beruhigen. Ich wollte uns den Ausflug nicht versauen.

Das Bett quietschte. Ich starrte an die Decke.

Ich ließ das Geschehene Revue passieren. Ich seufzte.

Meine Gedanken verblassten, als ein Schneeball gegen das Fenster schlug. Ich musste zu ihnen zurück.

Kapitel 14

»Es kann doch nicht sein, dass sie in unserem Zimmer rumschnüffelt, Marc!«

»Wieso sollte sie denn hier rumschnüffeln? Langsam drehst du echt am Rad, Mad.«

So nannte er mich nur, wenn er richtig sauer war. Ich wischte mir die Träne weg, bevor er sie sehen konnte. »Was erwartest du von mir, Marc? Dass ich mir das einfach ansehe und nichts dagegen unternehme?«

»Hörst du dir manchmal eigentlich selber zu?« Wütend stampfte er Richtung Badezimmer.

Marc war im Sternzeichen Stier geboren worden und der älteste Sohn. Stur und dickköpfig. Er würde bei keinem Streit nachgeben. Ich schnappte mir meinen Mantel, knallte die Zimmertür zu und hoffte, Luis nicht erschreckt zu haben, der in seinem Zimmer vertieft in seine Kinderserie war. In diesem Moment war meine Reue groß. Ich hätte es ihm nicht erzählen sollen, mir denken können, dass er mir nicht glauben würde. Ich hatte den ganzen Tag lang den Mund gehalten, um nicht in diese eine Lage zu kommen. Unseren Tag zu versauen. Ich hasste mich dafür. Ich hasste es zu streiten und ich hasste es, dass er mich nicht ernst nahm.

Ich nahm einen tiefen Atemzug und hinterließ eine kleine Wolke beim Ausatmen. Die kalte Luft zu spüren tat unheimlich gut. Ich hatte eine kleine Bank nahe dem

Parkplatz gesehen und steuerte auf sie zu. *Ach Maddy, hättest du bloß die Klappe gehalten.*

Als ich mich auf die Bank setzte und mein Blick zur Pension wanderte, sah ich eine dunkle Gestalt in meine Richtung blicken. Fast hätte ich losgeschrien, da erkannte ich ihn. Es war Fred. Die Jacke hatte er auch am vorherigen Tag getragen. Er sollte mich nicht weinen sehen. Er würde bestimmt jeden Moment zu mir herüberlaufen. Er tat es aber nicht.

Ich blinzelte kurz und sah ihn nicht mehr. Perplex schaute ich mich um.

Er stand nicht mehr dort. Hatte er mich nur beobachtet?

Um mich von dem Schreck zu erholen, nahm ich mir etwas Schnee in die Hände, ließ es in meinen Handflächen schmelzen und strich es mir übers Gesicht, als mich plötzlich eine kräftige Hand an der Schulter packte. Ich schrie auf vor Schreck. Mein Herz klopfte wild. Ich drehte mich aufgeregt um und sah in sein markantes Gesicht. Er stand hinter der Bank. Lächelte nicht. Sein Blick war kalt und ernst. Er machte mir Angst.

»Fred?«, flüsterte ich. Mir war die Situation unheimlich. Wieso sagte er nichts? Er musste unseren Streit mitbekommen haben. »Fred, mir geht's gut. Ich möchte ein wenig alleine sein.« Die Laterne flackerte. Passend zu der unheimlichen Atmosphäre.

Ich stand auf.

Drehte mich erneut zu ihm.

Doch er war wieder verschwunden.

Ich suchte alle Richtungen ab.

Er war nicht zu sehen. Es waren auch keine Fußspuren im Schnee zu entdecken. Nur meine.

«Fred?«, schrie ich in die Dunkelheit hinein. »Fred?«

Wo war er hin? Wieso hatte er nichts gesagt? Fragen über Fragen spukten in meinem Kopf herum. Vielleicht hatte er ja mitbekommen, dass ich seine Frau als Schnüfflerin bezeichnet hatte. Vielleicht hatte er mich zur Rede stellen wollen, sich dann aber nicht mehr getraut, als er mich so traurig auf der Bank sitzen gesehen hatte. War ich wirklich so in meinen Gedanken vertieft gewesen, dass ich nicht mitbekommen hatte, wie er gegangen war? Den Schnee unter seinen Sohlen hätte man doch hören und seine Schuhabdrücke sehen müssen.

Ich zog meinen Kragen höher und bedeckte meinen Mund damit. Es war kalt, eiskalt. Durch das Reiben meiner Hände, versuchte ich mich etwas aufzuwärmen.

Schaute hinüber zu unserem Fenster. Das Licht war aus. Die beiden schienen bereits zu schlafen. Ich sollte mich auch langsam hinlegen. Es war schon spät geworden.

Mit verschränkten Armen stiefelte ich zurück zur Pension. Ich klopfte meine Schuhe auf der Matte am

Eingang ab, der Schnee fiel links und rechts herunter. Langsam schlich ich über den dunklen Flur. Im Aufenthaltsraum brannte etwas Licht. Doch ich traute mich nicht, den Kopf durchzustecken, um nach Fred zu sehen. Ich öffnete unsere Zimmertür. Luis und Marc schliefen. Leise zog ich mich aus und ließ mich neben meinen Mann fallen.

Ach Maddy, so kann es nicht weitergehen. Du machst alles kaputt. Morgen nimmst du dir Zeit für deinen Mann.

Kapitel 15

Der Duft von Kaffee aus kräftig aromatischen Kaffeebohnen weckte mich am nächsten Morgen.

»Guten Morgen, Schönheit.« Marc strahlte mich an.

Durch das Fenster lächelte die Sonne.

Ich rieb mir die Augen, um wach zu werden.

Er hielt mir eine Kaffeetasse hin.

»Wie viel Uhr haben wir?« Ich suchte nach meinem Handy, gab aber nach wenigen Minuten auf.

»Ist doch unwichtig. Ich habe dir frischen Kaffee geholt. Als Entschuldigung für gestern Abend.«

Ich schüttelte den Kopf und legte meine Hand auf seine. »Ich muss mich bei dir entschuldigen. Legst du dich noch ein wenig zu mir? Luis schläft noch, oder?«, erwiderte ich.

»Ja, ich habe seine Tür zugemacht, es ist noch früh.«

Ich nahm die Tasse aus seiner Hand, lehnte mich wieder zurück an die Bettkannte und trank einen großen Schluck. »Danke Schatz, sehr lieb von dir.« Ich gab ihm einen Kuss.

»Es tut mir wirklich leid, ich wollte gestern Abend nicht streiten. Du musst mich aber auch verstehen, es hat sich ziemlich absurd angehört. Und da ich weiß, dass du Su nicht magst, kam es noch unglaubwürdiger rüber.«

»Unglaubwürdig?« Ich zog meine Augenbrauen hoch.

»Vielleicht sollten wir sicherheitshalber unsere Wertsachen einschließen.«

»Sie hat nicht nach Wertsachen gesucht. Sie hat rumgeschnüffelt, meine Tasche durchwühlt und ich habe sie dabei ertappt«, sagte ich leise, um nicht erneut mit ihm in einen Streit zu geraten. Ich schüttelte den Kopf.

Er sah mich liebevoll an und streichelte meine Wange. »Na gut, ich glaube dir. Du solltest mit ihr reden, vielleicht gibt es für das Missverständnis eine einfache Erklärung.«

Ich lehnte meinen Kopf an ihn. »Ich glaube, das ist keine so gute Idee.«

Nach dem Frühstück suchte ich das Gespräch zu Fred. Er saß in seinem grünen Holzfällerhemd am Kamin und trank Tee.

»Was ist los, meine Liebe? Du wirkst bedrückt.« Seine Stimme war warm. Ich setzte mich auf die Bank. Überlegte, was ich antworten sollte.

Er stützte seinen Kopf ab. Den Zeigefinger an der Schläfe. Mut war nicht meine Charakterstärke. Ich ruhte mich darauf aus, einen starken Mann an meiner Seite zu haben. Dennoch gab ich mir einen Ruck. Für mein Gewissen. »Fred«, stammelte ich. »Ich weiß nicht wie ich anfangen soll. Darf ich dich etwas fragen?« Er schaute mich neugierig an und lehnte dabei seinen Oberkörper leicht nach vorne.

»Wieso bist du gestern Nacht einfach gegangen?« Ich bereute, die Frage gestellt zu haben, und biss mir in die Wange. Ich hätte es anders formulieren sollen.

Er kniff die Augen leicht zusammen.

»Ich möchte ehrlich sein«, fuhr ich fort, »für einen kurzen Moment dachte ich wirklich, ich hätte es mir eingebildet.« Ich lachte verkrampft, um meine Unsicherheit zu überspielen.

Er antwortete nicht. Er sah mich irritiert an und kratzte sich am Hinterkopf. »Wo hast du mich denn gesehen?«

»Ähm…« Mit dieser Gegenfrage hatte ich nicht gerechnet. »Gestern Nacht, du weißt schon, draußen an der Bank.«

Er stand auf, lief zum Bücherschrank und öffnete ihn. Nachdem er einige Bücher enger zusammengerückt hatte, stellte er seines wieder zurück.

Die Stille war unangenehm.

»Auf jeden Fall wollte ich mich noch einmal entschuldigen.«

Er schaute über seine Brillengläser hinweg und erinnerte mich dabei an meinen Vater. Wenn er ernst mit uns gesprochen hatte, hatte er das auch getan.

»Meine Liebe, ehrlich gesagt kann ich dir gerade nicht folgen. Ich war gestern Abend bei meiner Tochter Marina. Su war bis heute Morgen alleine in der Pension. In zwei Tagen reist ihr ja ab. Hatte ich schon gefragt, wohin es dann geht?«

Jetzt konnte ich ihm nicht mehr folgen. Wollte er vom Thema ablenken?

»Ach, Marina müsst ihr unbedingt noch kennenlernen. Ihr beide würdet euch gut verstehen.«

Ach, Maddy, du machst dich gerade zum Affen. Er lenkt wahrscheinlich absichtlich vom Thema ab, lass ihn jetzt erst einmal ausreden. Ich lächelte.

»Kennst du das Eberts? Das bekannteste Lokal hier in Ehrwald. Ist besser besucht als die langweilige Pizzeria in der Stadt. Sie arbeitet dort, schaut doch mal vorbei.«

»Fred, ich unterbreche dich echt ungern, aber ich möchte klarstellen, dass ich nichts gegen deine Frau habe. Vielleicht habe ich etwas übertrieben.«

»Meine Frau?« Er sah mich verwundert an.

»Wer hat hier übertrieben? Worüber redet ihr zwei?« Su kam mit einer Teekanne aus der Küche herausspaziert.

Fred schaute seine Frau an und ging nicht auf ihre Frage ein.

»Tee, Maddy?« Sie lächelte und wandte sich dann ihrem Mann zu. »Wie war's gestern bei Marina? Sie fehlt mir so, ich habe es die letzten Tage nicht geschafft, sie anzurufen.«

»Sie schwärmt viel von München«, antwortete ihr Fred und wirkte dabei nachdenklich.

Bedrückt.

Su schenkte ihm Tee ein. Er roch nach Apfel und Vanille. »Ach Freddy, sie wird schon nicht zurückgehen, das Thema ist durch.« Dann sah sie mich an, hob die Kanne und beugte sich vor. Dabei grinste sie wie ein Honigkuchenpferd.

»Gerne«, antwortete ich und bewunderte ihre schauspielerische Leistung. Ich hatte mich vor der ersten Begegnung seit dem Vorfall gefürchtet. Ich hatte mir schon überlegt, was ich sagen könnte. Was sie sagen würde.

Ich hatte damit gerechnet, dass sie mir aus dem Weg gehen würde.

»Ich habe Maddy gerade von ihr erzählt. Findest du nicht auch, dass sie sich super mit Marina verstehen würde?«

Nachdem Su sich selbst auch einen Tee eingeschenkt hatte, setzte sie sich neben mich. Nach dem gestrigen Vorfall im Zimmer und dem unangenehmen Gespräch mit Fred wollte ich nur noch eins. Raus aus diesem Raum. Zurück zu Marc und Luis. »Ich schaue mal kurz nach Luis und bin gleich wieder zurück.«

»Vergiss deinen Tee aber nicht«, rief Su mir nach.

»Kannst du mir sagen, wo du gestern Luis' Mütze hingelegt hast? Ich finde sie nicht.« Verzweifelt suchte ich unser Zimmer ab. Wir wollten endlich unseren Skiausflug angehen.

Luis sollte dieses Jahr erstmals auf Skiern stehen. Mein Vater hatte es mir beigebracht, als ich fünf gewesen war. Fett eingepackt in Schneeanzügen waren Linda und ich zu dem nahegelegenen Abenteuerspielplatz gestapft. Dort gab es mehrere kleine Hügel zum üben.

Unser Vater war ganz stolz gewesen, als ich es von dem Ersten ohne Unfall hinuntergeschafft hatte. Und wir hatten uns prächtig über meinen Pizza-Pommes-Stil amüsiert. Ein Profi würde ich nie werden. Aber die blauen Pisten meisterte ich.

Ich suchte stöhnend das gesamte Zimmer nach seiner Mütze ab. »Ich habe sie auf die Heizung getan, da bin ich mir sicher.«

»Vielleicht hat Su sie beim Saubermachen weggelegt.«

»Beim Saubermachen?«, fragte ich mit einem scharfen Ton und schaute ihn zornig an.

Unsere Suche wurde von einem forschen Klopfen an der Tür unterbrochen.

»Oh nein, der Tee.«

»Welcher Tee?« Marc zog eine Augenbraue hoch.

»Ich habe ihn vorhin stehen lassen.« Ich eilte zur Zimmertür, öffnete sie einen Spaltbreit.

»Maddy, ich möchte dir etwas zeigen.« Fred lächelte mich an.

Marc schob die Tür komplett auf. »Fred, mein Lieber. Können wir kurz zusammen die Skikarte anschauen? Ich habe ein paar Fragen und bin mir sicher, dass du sie mir beantworten kannst.« Fred nickte mir zu und schaute wieder zu Marc. »Eigentlich wollte ich deiner bezaubernden Frau etwas zeigen, das sie interessieren könnte, aber ich denke, das können wir auch auf später verschieben. Ist das in Ordnung, Maddy?«

»Ähm, ja natürlich.« Ich nickte. Und fragte mich, was er vorhatte.

Marc ging hinüber zum Schreibtisch, kramte die Skikarte heraus und folgte Fred.

»Mama, mir ist langweilig.«

Ich schnappte mir Luis und hob ihn hoch in die Luft. Er kreischte laut los und bekam sich vor Lachen nicht mehr ein.

»Ich habe dich sehr, sehr lieb.«

»Ich dich auch Mami. Wollen wir zusammen Flugzeug spielen?«, fragte er.

»Kapitän, ich bin angeschnallt, wir können starten«, antwortete ich ihm, setzte mich auf das Bett und schlang den Gürtel des Bademantels, der auf der Decke lag, um mich.

»Festhalten! Es geht gleich los.«

Er kicherte vor Freude. Rollenspiele liebte er.

Ich packte ihn und knuddelte ihn ab. Die Liebe zu seinem Kind konnte man nicht mit der Liebe zu seinem Mann vergleichen. Sie war anders. Intensiver, bedingungsloser. Ich würde ihn vor allem beschützen. Mama zu sein erfüllte mich so sehr. Er sollte eine schöne Kindheit voll mit glücklichen Erinnerungen haben. Schon in der Schwangerschaft studierte ich Bücher und hörte Podcasts zum Thema *Beziehung statt Erziehung*. Den Schmerz, den mir damals meine Mutter hinterlassen hatte, konnte ich verdrängen, allerdings nicht vergessen. Umso wichtiger war es mir, immer für ihn da zu sein.

Ich hörte Marc und Fred zurückkommen.

»Na, das ging aber schnell«, sagte ich leise. Eilig warf ich mir meine Strickjacke über und öffnete den beiden die Tür. Fred und Marc standen vor mir.

»Du bist neugierig, habe ich recht? Los, geh schon, ich bleibe bei Luis.« Marc drückte mich zur Tür hinaus.

Ich kam mir immer wie ein schüchterner Teenager vor, wenn ich mit Fred allein war. Ich folgte ihm den Flur entlang in den Aufenthaltsraum, in dem Su auf dem Sessel saß und ein Buch las.

Sie sah zu mir auf, lächelte. Lächelte wieder, als wäre gestern nichts gewesen.

Sie trug einen beigen Rock, kombiniert mit einem dunkelblauen Pullover. Ich lächelte gezwungen zurück und folgte Fred in die Küche.

Das Erste, was mir auffiel, war die große, dekorative Wanduhr, die laut tickte. Sie bedeckte die Hälfte der Wand. Die Uhr gefiel mir. Ein gewollt leicht abgenutzter, weißer Rahmen mit römischen Zahlen. Sie hätte gut in meine Küche gepasst.

Er öffnete eine Tür, die auf den ersten Blick wie die einer Vorratskammer aussah. Dann schob er eine alte Kommode zur Seite. Meine Augen weiteten sich.

Er drehte sich zu mir um. Griff an mir vorbei, um die Tür hinter uns zu schließen.

Ich schluckte. Mich überkam ein flaues Gefühl im Magen. Wieso schloss er die Tür hinter uns zu? Wusste Su von dieser geheimen Kammer? In dem Raum standen eine kleine Garderobe und Holzregale, in denen Dosen, Konserven, Körbe und Kisten lagerten.

Er öffnete die dunkle, alte Holztür hinter der Garderobe. Eine Treppe führte nach unten in den Keller. Mit einem unverfugten Steinboden. Hier war es deutlich kühler als oben.

Er schaltete die Lampen an.

Am Ende des Raumes, war ein kleines, hochgelegenes Fenster, das etwas Sonnenlicht hereinließ. Unter dem Fenster stand ein uralter

Herd. In den Regalen stapelten sich Teller, Tassen und Besteck, soweit das Auge reichte. »Soll ich hier Geschirr waschen oder renovieren?« Ich drehte mich verunsichert zu Fred um.

Er lachte. »Ich finde dein Angebot gut. Doch möchte ich aber etwas anderes von dir. Jetzt schau mich nicht so ängstlich an, folge mir.«

Es folgte ein zweiter Raum. Kleiner. Warm und hell.

»Wow, sind die alle von dir?«

Sein Blick verriet mir, dass ich ihm geschmeichelt hatte.

»Ist das die Zugspitze?« Ich zeigte auf ein überdimensionales Gemälde in der Ecke des Raumes.

»Mein Lieblingsstück, super modern und dennoch nostalgisch, findest du nicht?«

»Was geschieht mit den Bildern, mit den Kunstwerken? Verkaufst du sie?«

Er lachte. »Nein, meine Liebe, es ist nur ein Hobby.«

»Ein Hobby, das auf jeden Fall in die Öffentlichkeit muss!« Ich näherte mich der Staffelei. »Ich bin begeistert, ehrlich.« Ich wusste nicht, wo ich zuerst hinschauen sollte. An der Decke hingen Fotos an Leinen. Naturfotografie. »Sind die auch von dir?«

Er nickte. »Ich wusste, dass es dir gefallen würde. Willkommen in meinem Atelier«. Für einen kurzen Moment grübelte ich. Wie konnte er wissen, dass ich mich für Kunst interessierte? »Früher habe ich auch gemalt. Es hat mir unglaublich Spaß gemacht. Damals war Luis noch nicht auf der Welt. Ich hatte viel mehr Freizeit als jetzt.« Nach dem Satz spürte ich einen Stich in mir. Wieso hatte sich so viel verändert? Was war geschehen? Irgendetwas war anders geworden in unserem Leben. Ich spürte es.

»Ich weiß, ihr seid nicht mehr lange hier…« Er lief zur Staffelei. »Aber manchmal sollte man sich ganz bewusst Zeit für sich nehmen. Komm doch heute Abend hier runter und tob dich aus. Ich kann dir alles bereitstellen.«

»Ja? Ist das dein Ernst?«, schrie ich vor Freude auf und kreuzte meine Hände vor dem Kinn.

»Ich glaube, du brauchst mal etwas Zeit für dich.«

Durch den mitfühlenden Klang seiner Worte wurde mir erstmals bewusst, dass ich gestresster denn je war. Dass einige Dinge passiert waren, die mich nicht zur Ruhe kommen ließen. Ich wand mich wieder zur Staffelei. Dann wieder zu Fred. »Ich danke dir von ganzem Herzen.«

Er nickte zufrieden. Lächelte.

Ich ließ Fred allein in seinem Atelier und ging überglücklich zurück aufs Zimmer.

An der Zimmertür angekommen, hörte ich Marc sprechen. Nicht mit Luis. Er telefonierte. Wir hatten unsere Handys aufgrund des schlechten

Internetempfangs kaum genutzt, seitdem wir hier waren.

Ich öffnete die Tür und stand ihm gegenüber.

Mit geröteten Wangen schaute er mich an. »Gut, dann melde ich mich, sobald ich zurück im Büro bin.« Er legte auf.

»Deine Arbeit?«

»Ja, sie kämpfen wieder mit Personalmangel und das jetzt zum Jahresende. Wie soll es denn nächstes Jahr werden?« Er warf das Handy aufs Bett.

Mich überkam das Gefühl, dass die Geschichte ausgedacht war. Die Freude, die ich kurz vorher empfunden hatte, verschwand wieder.

Doch da eilte bereits Luis zu mir und sprang mir in die Arme. Seine Finger bohrten sich in meinen Hals.

»Aua, wir müssen dringend deine Nägel schneiden.«

Kapitel 16

Ich berührte den Pulverschnee. Die Sonnenstrahlen, die auf die Schneedecke leuchteten, zauberten daraus Glitzer. Ich nahm einen tiefen Atemzug. Es fühlte sich unreal an, hier zu sein. Weg vom Regen und aus der Stadt. Mitten im Winterwunderland. In den Bergen. Wie ich Schritt für Schritt über die lockere Schneedecke lief und in die Weite blickte. Nirgends spürte ich mich so sehr wie hier. Es war unglaublich, die Piste herunterzufahren. Das leise Knirschen der Skier unter meinen Füßen zu hören. Mein Tempo selbst zu bestimmen.

Ich war dankbar, dass ich diesen wundervollen Ort, die Berge, nicht ohne eine Abfahrt auf Skiern verlassen musste. Mit den Kanten die Piste zu betreten und sie mit Leichtigkeit herunterzugleiten war das Highlight dieses Wintertrips. Im Schnee fühlte ich mich sicher, frei und lebendig. Marc und Luis hatten sich kurzfristig gegen das Skifahren entschieden und waren mit dem Schlitten unterwegs. So konnte ich ganz in Ruhe diesen Vormittag genießen.

An der Zwischenstation trafen wir uns und machten es uns dann mit Kakao und Brezeln bequem. Ich erzählte Marc von dem Atelier.

Ihm gefiel Freds Angebot, mir sein Atelier für einige Stunden zur Verfügung zu stellen und meinem Hobby nachzugehen. »Du hast es dir verdient, mal eine Auszeit von uns zu nehmen. Und heute ist doch der passende Tag dafür!« Er versprach mir, Luis am Abend ins Bett zu bringen, damit ich in Ruhe malen konnte. Meiner alten, vergessenen Leidenschaft nachgehen konnte.

Ich freute mich darauf.

Als wir am Abend wieder zurück in der Unterkunft ankamen, brannte kein Licht in der Pension. Fred und Su schienen nicht da zu sein.

Während Marc sich erschöpft ins Bett fallen ließ, befreiten Luis und ich uns aus unseren dicken Skisachen und genehmigten uns anschließend eine heiße Dusche.

Meine Ungeduld wurde größer. Ich wollte ins Atelier. Endlich loslegen.

»Mama, ich möchte mitkommen. Ich möchte auch malen.«

»Na gut, wir gehen zusammen runter, du darfst dir alles anschauen, danach geht es aber ins Bett.«

Ich nahm Luis an die Hand und führte ihn nach unten.

»Was ist das?«, fragte er überwältigt und zeigte in den Raum hinein, als er nach mir Freds Atelier betrat.

»Eine Staffelei, mein Schatz.«

»Ein Ei?«

Ich lachte. »Nein, eine Staffelei, da steht die Leinwand drauf. Wenn du möchtest, frage ich Fred, ob du morgen Nachmittag hier unten mit ihm malen darfst, ja?«

Er nickte freudestrahlend. »Sind das Wassermalfarben, Mami«?

»Nein, es sind ganz spezielle Farben für große Maler wie dich und mich, Luis.«

Nachdem ich Luis zurück aufs Zimmer geschickt hatte, genoss ich die Ruhe im Atelier. So wie früher.

Ich stöberte ein wenig herum, studierte die Fotos und Kunstwerke von Fred. *Welch ein facettenreicher Mann.* Vielleicht hatte ich den Falschen geheiratet.

Marc hatte nicht viele Hobbys und gab sich mit der Einfachheit zufrieden. Er ging gerne mit Freunden weg und absolvierte seine morgendliche Sporteinheit.

Ich nahm den Stapel Bilder in die Hand, der auf dem vollgestellten Schreibtisch an der Wand gestanden hatte. Vielleicht würde ich zwischen den ganzen Fotos das Verschwundene von der Bilderwand im Flur finden. Von der Mutter und ihrem Kind. Ich schaute mir die Fotos einzeln an.

Mehrere Aufnahmen der Zugspitze, einige von der Pension, dazwischen ein paar von Waldtieren. Ich wollte keine Naturfotografie bestaunen. Ich wollte mehr über Fred und Su erfahren.

Möglicherweise hatten sie Geheimnisse. Schlimme. Die niemand kannte. Ob sie wirklich so freundlich und gutherzig waren, wie sie sich gaben?

Hatte Su auch kreative Hobbys wie Fred? Vielleicht war das Atelier gestellt, und es verbarg sich hinter der Wand eine Folterkammer wie in Psychothrillern. Dort, wo man Leichen versteckte. Ich grinste über meine verrückte Fantasie.

Ich sah mir noch drei, vier weitere Fotos von ihnen an. Sie wirkten glücklich und schienen ein normales Ehepaar zu sein. Ich sollte mich entspannen und aufhören herumzuspinnen. Nachdem ich den Stapel Fotos wieder auf den Tisch legte, band ich mir die Haare zu einem Dutt zusammen und legte mir den Kittel an. Aus dem Lautsprecher begann leise Musik zu spielen. Fred hatte alles vorbereitet. Eine leere Leinwand, die Farben und Pinsel.

Ich summte die Melodie mit der Musik und malte. Die Muse stimmte. Ich war so glücklich wie lange nicht mehr.

Das Bild wurde immer schöner, immer abstrakter und interessanter. Ich hatte es noch drauf. Vielleicht sollte ich meinen Bürojob kündigen und den ganzen Tag malen. Ich würde Luis morgens in die Kita fahren, nach Hause kommen und meiner Kreativität freien Lauf lassen. Mein Leben so unabhängig wie möglich gestalten, keinen Chef haben, mein Ding machen. Ich sah vor meinem inneren Auge meine eigenen Ausstellungen. Meine Kunstwerke. Gerhard Richter in weiblich und modern.

»Fred, ich danke dir für diese Inspiration.« Ich liebte das Bild. Es war wunderschön. Ich gab ihm den Namen *Traum*. Es versetzte seine Betrachter in eine Welt der Träume und Wünsche. Verschiedene Nuancen von Blau und Gelb trafen und vereinten sich. Ich war vollkommen begeistert und glaubte, dass es das schönste Bild war, das ich je gemalt hatte.

Marc würde es auch gefallen. Ich sah es schon in unserem Wohnzimmer hängen. Über unserem Kamin.

Als ich auf die Uhr blickte, setzte kurz meine Atmung aus. Vier Uhr morgens. »Um Gottes willen, habe ich sieben Stunden gemalt?«, sprach ich zu mir selbst. Von Müdigkeit war keine Spur. Ich hatte noch nie so lange am Stück an einem Werk gearbeitet. Ich räumte eilig die Sachen weg, zog mir den Kittel aus und lief zu der Treppe. Ich bemerkte zu spät, dass der Schalter nicht der für das Licht im Atelier war, sondern für den ersten Kellerraum. Zügig eilte ich zurück ins Atelier und warf noch einen letzten Blick auf mein Kunstwerk, bevor ich das Licht ausschaltete. Es gefiel mir nicht mehr. Ich betrachtete die Leinwand genauer. Abwertend. In mir kam plötzlich eine Welle Gefühle hoch. Warm und kalt zugleich.

»Wie konnte ich mir nur einreden, ich wäre gut?«
Ich fasste mir an den Kopf. Trat näher vor. Mein Hals
brannte. »Das Bild könnte von Luis sein, so ein Scheiß.«
Was hatte ich daran schön gefunden?

Mich überkamen Aggressionen, wie ich sie lange
nicht mehr erlebt hatte. Ich wurde sauer, warf die
Staffelei mit einer Kraft um, die mich erschrecken ließ.
»Ahhh!« Ich trat auf das Bild. Ich schrie lauter. Ich
erkannte mich selbst nicht mehr. Wieso reagierte ich
so? Wieso hatte ich diese Gefühle und konnte sie nicht
kontrollieren?

So eine Scheiße, ich kann einfach gar nichts. So ein Müll!
Ich hob das Bild vom Boden auf und warf es gegen die
Wand, die Pinsel hinterher. Sie prallten an die Wand
und fielen zu Boden. Dabei spritzten die Farben nach
links und rechts. Ich war enttäuscht von mir. Tränen
liefen über mein Gesicht. Mein Atem war hastig. Ich
legte meine rechte Hand auf meine Brust. Versuchte
mich zu beruhigen. Ich hatte mich nicht mehr im Griff.
Ich sah mir selbst dabei zu, wie daneben ich mich
verhielt.

»Du kannst nichts, du bist nichts!«, flüsterte eine
Stimme. »Du kannst nichts, du bist nichts!«

»HÖR AUF! BITTE HÖR AUF!« Ich zitterte am
ganzen Körper, schluchzte, schlang meine Arme um
mich und versteckte meinen Kopf zwischen meinen
Beinen. Ich hatte Angst. »Maddy, du träumst nur, das

alles ist nur ein Traum. Du bist nicht verrückt. Nein, ich bin nicht verrückt«, wiederholte ich mehrere Male.

Ich hörte schnelle Schritte auf mich zukommen. Panisch hielt ich mir beide Ohren zu. »WER BIST DU? WAS WILLST DU?«

Als ich eine warme Hand auf meiner Schulter spürte, hob ich meinen Kopf und öffnete langsam die Augen.

Es war Su. Sie nahm mich in den Arm.

Mein Atem verlangsamte sich. Mein Herzschlag wurde ruhiger. Wortlos wischte sie mir die Tränen und Farben aus dem Gesicht.

Fred stand direkt hinter ihr. Nickte mir mitfühlend zu und lief zur Stelle, an der die Pinsel und das Bild lagen.

Ich traute mich nicht sie anzuschauen. Geschweige denn etwas zu sagen.

Stille herrschte im Atelier. Su half mir hoch und begleitete mich nach oben, während Fred im Keller blieb. Es tat mir schrecklich Leid was geschehen war. Doch statt eine Entschuldigung auszusprechen, sah ich beschämt nach unten, bis ich auf unserem Zimmer war.

Ich legte mich zu Marc. In meinen weißen Sneakers, die mit Farbspritzern übersät waren. Mein gesamter Körper war steif. Ich drückte meine Hände zu einer Faust zusammen. So fest, dass es schmerzte. Aber es tat gut. Ich spürte mich wieder. Was war das eben gewesen?

»Bitte, lieber Gott, lass alles ein Traum gewesen sein, ein schrecklich peinlicher Albtraum«, flüsterte ich. Mein Bild, mein Kunstwerk *Traum* wurde zu meinem Albtraum.

Gott weiß, wie es für Fred und Su gewesen sein musste, mich in diesem Zustand zu sehen. Sein Atelier in diesem Zustand zu sehen.

Kapitel 17

Luis rannte an mir vorbei und streifte dabei meine Jacke. »Mami, jetzt mach doch endlich mit!« Eine Schneekugel flog haarscharf an mir vorbei.

»Mist, nicht getroffen!«, rief Marc aus weiter Ferne.

Ich verdrehte die Augen und drehte mich zurück zu Luis, der im Schnee badete.

»Madeline Stone, sie wunderschöne Schneefrau«, rief Marc und formte einen weiteren Schneeball in seinen Händen. Ich schenkte ihm ein Lächeln, obwohl mir nicht danach war.

»Was ist heute los mit dir? Du wirkst so abweisend.«

Ich lehnte mich zurück an die Hauswand und verzog keine Miene.

»Maddy? Liebling, jetzt sag schon!«, hakte er weiter nach.

»Ich habe nur keine Lust auf eine Schneeballschlacht, das ist alles«, log ich.

»Gut, ich hoffe aber, dass du später bei unserem Date bessere Laune hast.«

Der Tag ging schnell rum. Am Abend bereiteten Marc und ich uns auf unser Date vor. Ich begutachtete mich im Spiegel. Fühlte mich wohl in meiner Haut. Die schwarzen Stiefel bedeckten meine Knie, die Absätze waren nicht zu hoch, ich würde den Abend mit ihnen aushalten. Es waren die einzigen schicken Schuhe, die ich mir für den Urlaub eingepackt hatte. Meine Haare fielen in sanften Wellen über meine Schultern. Ich fuhr mir mit der Hand hindurch. Ich war lange nicht mehr beim Friseur gewesen. Ich zog meinen Mantel an. Ich freute mich auf den Abend mit Marc. Den Ersten, an dem ich mit ihm allein sein konnte.

»Bist du soweit?« Er streckte den Kopf zur Tür herein.

Ich nickte ihm zu.

Er begutachtete mich, von oben bis unten. »Du siehst toll aus Schatz«, sagte er. »Ist der Lippenstift neu?«

»Ja, ich dachte mir, ich hübsche mich mal ein wenig für dich auf.«

Er grinste.

Ich freute mich über sein Kompliment. »Wollen wir los?«, fragte ich ihn. »Fred müsste jeden Moment kommen, zieh dir doch schon mal deine Jacke an. Luis kann sich kurz alleine beschäftigen.« Auch wenn ich mich auf den Abend mit Marc freute, hatte ich ein mulmiges Gefühl, Luis bei Fred und Su zu lassen. Ich kannte sie gerade mal ein paar Tage. Gegenüber Su war ich etwas misstrauisch. Fred dagegen mochte ich. Marc hatte ihren Vorschlag, auf Luis aufzupassen, nicht ausschlagen können. Er war regelrecht begeistert. »Sie verbringen einen tollen, spaßigen Abend und wir tun etwas für unsere

Beziehung«, hatte er gesagt und mir den Vorschlag schmackhaft gemacht.

Wir würden den Urlaub in Ehrwald mit einem Essen zu zweit abschließen. In Ruhe sprechen, in Erinnerungen schwelgen, lachen, ohne dass uns Luis ständig unterbrach. Es würde alles gut gehen. Was sollte denn schon auch passieren? Ein, zwei Stunden würden wir weg sein.

Luis rannte auf mich zu und umarmte mich.

Ich streichelte ihn am Rücken. Sein gelb-weiß gestreifter Pullover erinnerte mich an ein Split-Eis.

»Mama, geh bitte nicht.«

Ich schaute zu Marc hinüber, der vor dem Fenster stand und seinen Mantel anzog.

Er sah mich vorwurfsvoll an. Als könnte er meine Gedanken lesen. Die Unsicherheit aus meinem Gesicht lesen. Ob wir das Date nicht doch absagen sollten?

»Mein kleiner Spatz, ich bin doch bald wieder da.«

»Hör mal zu, Luis, der Fred wollte mit dir in seinem Atelier malen. Hast du es schon vergessen?«, griff Marc ein.

Bei dem Wort *Atelier* hatte sich mein Magen zusammengezogen.

Luis' Augen weiteten sich. »Jaaa!«

Es klopfte an der Zimmertür. »Darf ich reinkommen?«

Ich öffnete Su die Tür.

»Ich wünsche euch viel Spaß. Grüßt mein Mädchen von mir, sie darf uns gerne mal wieder besuchen.« Dann winkte sie Luis zu sich. »Komm, mein Kleiner, ich bring dich zu Onkel Freddy ins Atelier.«

Luis gab mir schnell einen Kuss, winkte Marc zum Abschied zu und verschwand mit Su um die Ecke.

Marc legte seinen Arm um mich und gab mir einen Kuss auf die Wange. »Lass uns auch los.« Hand in Hand liefen wir zusammen zum Auto.

»Wollen wir ein wenig rumfahren, bevor wir essen gehen? Ich habe noch keinen großen Hunger. Wie sieht es bei dir aus?«, fragte mich Marc, als er den Motor startete.

»Nein, auch noch nicht. Können wir gerne machen.«

»Bei der Hinfahrt sind wir doch an einem kleinen Park im Zentrum vorbeigekommen. Wir könnten dort ein wenig spazieren«, schlug er vor.

Ich nickte und lehnte mich zurück, um die Wärme der Sitzheizung zu genießen, die sich wie eine Welle durch meinen ganzen Körper zog.

»Ich freue mich auf die Zeit mit dir.« Er lächelte mich an und streichelte meinen Oberschenkel. »Und ich hoffe, dass der Abend nicht im Restaurant endet, sondern im Bett.« Er grinste frech.

Ich schüttelte den Kopf. »Du kannst es nicht lassen, oder?«, antwortete ich beschämt und haute ihm auf den Oberarm.

Als wir im Zentrum ankamen, erkannte ich das Restaurant auf der gegenüberliegenden Seite.

»Warst du nicht mit Luis hier beim Italiener?«

Er nickte und schaute sich nach einem Parkplatz um.

Ich sah Marc irritiert an. »Willst du etwa zum Italiener? Ich dachte, wir gehen ins Eberts und lernen die Tochter von Su und Fred kennen?«

Sein Handy vibrierte.

»Nein, hier drüben ist ein kleiner Park. Eine kleine Runde spazieren gehen, so Hand in Hand, wie früher.«

Er warf mir einen liebevollen Blick zu.

»Oder wir parken in einer ruhigeren Ecke und knutschen ein wenig rum«, sagte ich kichernd.

Sein Handy vibrierte erneut.

»Willst du nicht mal rangehen?«

Er drückte den Anruf weg und legte es in das Seitentürfach.

Doch bevor wir weiterreden konnten, ertönte ein SMS-Ton.

»Weißt du was? Lass uns einfach essen fahren«, sagte Marc in einem scharfen Ton.

»Wieso das denn jetzt? Wegen mir?«, fragte ich empört.

»Nein, natürlich nicht.« Er warf einen kurzen Blick auf sein Handy, packte es wieder in das Fach in der Tür und fuhr kommentarlos weiter.

Wir folgten fünf Minuten einer Einbahnstraße. Tannen ragten links und rechts in die Höhe. Wir fuhren auf einen Parkplatz drauf. »Dort drüben ist es. Ehrwald ist echt ein Schätzchen. Man findet alles auf Anhieb.«

Ich stimmte ihm nickend zu.

»Und du weißt wie orientierungslos ich sein kann«, scherzte er. »Magst du schon mal reingehen? Ich muss kurz zurück zur Pension.«

»Zur Pension?«, fragte ich irritiert. »Langsam verstehe ich gar nichts mehr.«

»Ja, ich habe mein Portemonnaie vergessen.«

»Ist nicht schlimm, ich habe doch meine Karte dabei.«

»Du glaubst nicht ernsthaft, dass du dort mit Karte zahlen kannst, oder?«

Ich zuckte mit den Schultern. »Irgendwie verhältst du dich heute seltsam. Ich kann dich doch begleiten.«

»Nee«, sagte er genervt. »Geh schon mal rein, ich komme gleich.«

»Na gut. Wie du willst«, stammelte ich und war mir sicher, dass er nicht die Wahrheit sagte. Ich setzte einen Fuß auf die Straße.

Er schaute von mir weg. Sein Gesicht war bleich. Er verheimlichte mir etwas. »Bitte beeil dich.« Ich schlug die Tür fest zu.

Der Himmel versank in Trauer. Die wunderschöne Bergkulisse war durch einen grauen Schleier verdeckt.

Ich nahm einen tiefen Atemzug. Die Luft war reiner denn je. Ich schloss meine Lider. Erinnerte mich an unser erstes Date. An unseren ersten Kuss. An das Gefühl des Verliebtseins.

Ein starker, eiskalter Windzug brachte mich zurück in die Realität. Warum hatte ich nicht die blaue Skijacke angezogen? Ich zog meinen schwarzen Mantel fester um mich, an dem ein Knopf fehlte. Der war mir vor wenigen Wochen abgefallen und ich hatte vergessen, ihn wieder anzunähen.

Ich sollte hineingehen, drinnen auf ihn warten. Mein Blick glitt in das volle Restaurant.

Menschen, die lachten, gut drauf waren. Eine hübsche blonde Frau fiel mir auf. Sie hatte etwas Besonderes an sich. Es war nicht nur ihr Grübchen, das beim Lachen stark zum Vorschein kam. Sie flirtete mit ihrem Gegenüber. Lächelte, spiegelte seine Haltung.

Ich lief über die Straße. Das Geräusch meiner Absätze schallte durch die Nacht. Ich öffnete die schwere Holztür und betrat das Restaurant, das durch einen schmalen Flur getrennt war.

Dicht an der Wand stand ein Regal, mit Flyern über die Skigebiete der Region.

Ich nahm ein Prospekt in die Hand, blätterte es durch. Doch meine Aufmerksamkeit schweifte von der schönen Landschaftsbeschreibung zurück zu Marc. Zu seinem auffälligen Verhalten. Ob er mich angelogen hatte? Die SMS hatte er nicht von seinem Chef bekommen. Ich war mir sicher, dass dieser ihn nie im Urlaub stören würde. Vor einigen Jahren hatte Marc seinem Kollegen, der sich damals im Urlaub befand, eine Nachricht geschickt, weil er eine Frage zu einem Kunden gehabt hatte. Sein Chef hatte sich sehr darüber aufgeregt und Marc war kurz davor gewesen, eine Abmahnung zu erhalten.

Marc war heute und auch in den letzten Tagen nicht ehrlich zu mir gewesen. Das spürte ich. Eine große, schlanke Frau betrat das Restaurant und grinste mich an.

»Sind Sie Madeline Stone?«

»Kennen wir uns?« Sie kam mir bekannt vor. Ich hatte sie auf einem Foto im Flur gesehen. »Sie sind die Tochter von Su und Fred.«

»Richtig. Ich habe schon so viel von Ihnen gehört.«

»Du kannst mich ruhig duzen.« Ich lächelte sie an.

Sie war hübsch und schlank. »Ich komme gerade vom Joggen, bei dem Wetter eine Zumutung.«

Ach echt? Joggen im Winter, bei Eiseskälte, sollte ich mir auch angewöhnen, wenn der Preis dafür so ein super trainierter Körper war.

Ihre Wangen waren gerötet. Sie war sympathisch. Ihre Haare waren schwarz und glatt. Eine weiße Mütze verdeckte gerade so ihre Ohren. Sie trug Perlenohrringe und hatte wenig Ähnlichkeit mit Su.

Plötzlich zog sich mein Magen zusammen. Ob Su ihr erzählt hatte, was in der letzten Nacht vorgefallen war?

»Möchtest du nicht reingehen?«

»Ich warte auf meinen Mann, er musste noch einmal zurück in die Pension.«

»Dann lass uns doch drinnen warten.«

»Okay.« Die Zugangstür quietschte, als sie sie öffnete.

»Meine Schicht beginnt erst in einer Stunde. Wenn du magst, kann ich dir Gesellschaft leisten. Ich bin gleich wieder zurück.«

»Ich würde mich freuen«, antwortete ich und beschloss mir zwischenzeitlich einen Cappuccino bei der freundlich lächelnden Kellnerin zu bestellen.

Wenige Minuten später brachte sie ihn mir schon.

Ich umgriff die blaue Tasse mit meinen Händen, um mich aufzuwärmen, während ich den himmlischen Duft von den frisch gemahlenen Kaffeebohnen inhalierte. Ich bildete mir ein, den Vanillekipferl-Macchiato in meinen Händen zu halten, der vor mir auf einem Tischschild beworben wurde.

Ich dachte an Marinas sportliche Figur. Sie wog bestimmt zehn Kilogramm weniger als ich. Und fünfzig Kilogramm weniger als Su. Seit dem Schnüffel-Vorfall in unserem Zimmer hatte ich nicht viel mit Su gesprochen. Der Nervenzusammenbruch in der vorherigen Nacht machte die Situation nicht einfacher. Ich war so peinlich berührt, dass ich am Morgen weiter im Bett liegen geblieben war und Marc und Luis alleine zum Frühstück geschickt hatte. Ich schämte mich.

Marc hatte ich es nicht erzählt. Seine gute Laune am Morgen hatte ich nicht verderben wollen, auch wenn es mir Bauchschmerzen bereitete, dass er es von den beiden erfahren könnte und nicht von mir. Er würde sich wieder Sorgen machen oder sich hintergangen fühlen.

Ich sah Marina durch die hintere Tür kommen. Sie steuerte direkt auf mich zu und nahm auf dem Stuhl neben mir Platz.

»Und da bin ich schon wieder.« Sie hatte das Lächeln ihrer Mutter. »Ich habe gehört, Sie haben einen kleinen Sohn. Du! 'schuldige. Das passiert mir ständig. Eine deutsche Angewohnheit.« Sie lachte. »Ich hätte auch gern Kinder. Mir fehlt nur leider der Mann dazu. Hier in Ehrwald lässt sich das schwer arrangieren.«

Die blonde, kurzhaarige Kellnerin blieb vor unserem Tisch stehen. »Darf ich euch etwas zum Essen bringen?«

»Noch nicht, danke. Ich warte auf meinen Mann.«

Sie lächelte und ging weiter an den nächsten Tisch, an dem ein ungeduldiges älteres Ehepaar saß. Marina konnte es kaum erwarten weiterzusprechen. »Ich bin

Tante. Meine Schwester hat zwei Kinder. Ich liebe die beiden, bin jedoch froh, wenn ich sie wieder los bin und bei den Eltern abgeben kann.« Sie lachte so laut, dass sie die Blicke der anderen Gäste auf sich zog. »Und erzähl schon, was sagst du zu meinen Eltern?«

Ihre Frage überrumpelte mich. »Ich mag die beiden echt gerne«, flunkerte ich.

»Ach, die können anstrengend sein. Sie lieben und leben für ihre Pension. Ihre Arbeit. *Jeder Gast ist ein Freund*, ein Sprichwort meiner Eltern.« Sie zog ihre Augenbrauen hoch. »Ich bin erst vor Kurzem aus Deutschland zurückgekommen, ich habe dort gearbeitet. Die Deutschen sind anders. Sie sind kälter, finde ich.«

Die Holztür ging auf und eine vierköpfige Familie kam herein, die direkt von der Kellnerin empfangen wurde. Marina schaute dem kleinen Mädchen hinterher.

»Ich liebe Kinder. Euren Sohn muss ich unbedingt kennenlernen, bevor ihr zurückfahrt. Luis, oder?«

Ich nickte und blickte unauffällig auf meine Armbanduhr. Von Marc war immer noch keine Spur. Ich bereute es, mein Handy im Zimmer liegen gelassen zu haben.

»Ich rede zu viel, oder? Erzähl schon, wie gefällt es euch hier? Fühlt ihr euch wohl? Ist euer Sohn gerade bei meiner Mutter?« Sie stellte eine Frage nach der anderen. Wie ein Wasserfall. Kaum ließ sie mich eine

Minute aussprechen, folgte schon der nächste Satz aus ihrem Mund.

»Meine Mutter ist ein sehr liebevoller Mensch mit einem großen Herz, auch wenn sie manchmal etwas eigen ist.« Sie lachte. »Mein Vater ist introvertiert, und hat viele geheime Talente. Er liebt die Kunst.« Sie zeigte auf zwei Gemälde, die an der Wand hingen. »Die sind von ihm!«, sagte sie stolz. »Meine Mutter geht jedes Jahr kurz vor Weihnachten in ein Kinderheim und beschenkt die Kinder. Sie kann es einfach nicht lassen, mir ständig Druck zu machen.«

Ein eiskalter Windzug strömte herein, als Marc das Restaurant betrat. Mit demselben Flyer in der Hand, den ich mir vorhin angesehen hatte. In Zeitlupe schlenderte er zu uns an den Tisch. »Störe ich die zwei hübschen Damen?«

Sie kicherte angetan.

»Marc, darf ich dir Marina, die Tochter von Fred und Su, vorstellen?«

»Oh, welch eine Ehre.« Er gab ihr die Hand und musterte sie.

»Schön auch dich kennenzulernen. Nur leider muss ich jetzt arbeiten und kann nicht mehr quatschen.«

Ich war froh, als sie den Stuhl zurückschob und sich verabschiedete.

»Bleib doch noch fünf Minuten sitzen«, bat Marc sie höflich.

»Ich würde sehr gerne, aber meine Schicht hat vor zehn Minuten begonnen. Wann reist ihr ab? Morgen? Geht's wieder zurück nach Hause?«

Marc schaute sie überrascht an. Mit so vielen Fragen hatte er offenbar nicht gerechnet. »Übermorgen. Einen Zwischenstopp haben wir noch vor uns. Wir wollen auf die Zugspitze.«

»Ehrlich? Oh, wow. Ein Muss, wenn ihr schon hier seid«, sagte sie und stemmte die Hände in die Hüfte. Als Marc die Zugspitze ansprach, dachte ich an die Vermisstenmeldung.

»Was wohl mit dem kleinen Mädchen und ihrer Mutter geschehen ist, echt schrecklich«, sagte ich in einem ruhigen Ton.

Marc schaute mich wütend an.

»Welches Mädchen?«, fragte Marina verwirrt.

»Weißt du nichts davon?«, hakte ich erschrocken nach.

»Maddy, ist gut jetzt.« Marc forderte mich auf nicht weiterzusprechen. Was hatte er denn auf einmal?

»Marina?«, rief ihre Kollegin.

Marc schien sichtlich erleichtert zu sein, als sie mit zügigen Schritten zu ihr eilte und sich die Schürze umhing. Sogar darin sah sie unverschämt gut aus. »Wir quatschen gleich weiter«, rief sie uns vom Tresen aus zu, drehte sich um und ging zügig durch eine Tür neben der Theke.

Marc konnte es natürlich nicht lassen, ihr auf den perfekten Hintern zu schauen.

»Wo warst du denn? Ich sterbe schon vor Hunger.«

Er schnappte sich die Getränkekarte und nuschelte leise »Entschuldigung«.

Die blonde Kellnerin lächelte uns von Weitem an und wedelte mit ihrem Block. Ich winkte sie zu uns herüber.

»Was darf ich euch bringen?«

»Weißwein, bitte.«

»Sollte nicht erst die Dame bestellen?«, fragte die Kellnerin und zwinkerte mir zu.

»Echt mal. Und seit wann trinkst du überhaupt Weißwein?« Ich schaute ihn entsetzt an.

»Und für dich?«, fragte sie mich.

»Na gut, dann würden wir noch die Tagliatelle dazu nehmen, oder?«

Er schüttelte den Kopf. »Für mich erst einmal nichts. Danke.«

»Ich dachte, wir essen was«, flüsterte ich ihm zu, als die Kellnerin zum nächsten Tisch verschwand.

Er wich meinem Blick aus.

»Jetzt sag schon, wo warst du und wieso möchtest du nichts essen?«

Er wirkte nachdenklich. Bedrückt.

»Jetzt sprich doch bitte mit mir, geht es Luis gut?«

»Jaja, alles super. Er ist mit Fred unten im Atelier.«

Wusste er darüber Bescheid, was in der Nacht geschehen war? War er deshalb so abweisend zu mir?

Die Kellnerin brachte uns den Wein. Sie schenkte uns ein und verschwand wieder.

Zwischen Marc und mir herrschte Stille. Ich hatte das Gefühl, von den anderen im Restaurant beobachtet zu werden. Ich nippte an meinem Getränk.»Ich habe Linda abgeholt.«

»Was?« Ich stellte das Glas zurück. »Wie meinst du das?« Wieder Stille.

»Meine Schwester? Was hast du denn mit Linda zu tun?«

Er schaute mich immer noch nicht an.

Erneut spürte ich einen eiskalten Zug, als die Tür aufsprang und meine zierliche Schwester Linda hereinspazierte.

Ich traute meinen Augen nicht. »LINDA? Oh mein Gott!« Ich stieß einen Schrei aus, schob den Stuhl zurück und rannte auf sie zu. »Was zum Teufel machst du denn hier?«

Wir nahmen uns in die Arme, als gäbe es kein Morgen. Sie hatte mir so sehr gefehlt.

Marc blieb sitzen.

»Habt ihr euch schon vorher gesehen? Marc wieso machst du denn so ein Geheimnis daraus?«, fragte ich ihn aufgeregt, worauf er nur mit den Schultern zuckte.

»Jetzt erzähl Linda, was führt dich hierher?«

Wir setzten uns hin.

Marc stand auf, beugte sich zu mir herüber, gab mir einen zärtlichen Kuss, völlig unerwartet.

»Ich glaube, ich lasse euch mal ein wenig alleine. Ruft mich einfach an, wenn ihr mich braucht. Linda, der Wein ist für dich.« Er deutete auf das zweite Glas. Er ließ mich irritiert mit Linda allein im Restaurant.

»Linda, ich verstehe gar nichts mehr.«

Die blumige Note ihres Parfüms blieb in meiner Nase hängen. Sie roch unheimlich gut, wie immer.

»Du siehst richtig gut aus!«, sagte sie und lächelte mich an, strahlte förmlich.

»Ich will dich nicht lange auf die Folter spannen, Maddy.« Sie hielt einen Moment inne, bevor sie weitersprach. »Maddy, ich bin schwanger.«

»WAS?«, schrie ich laut vor Freude. »Von wem?«

Sie schaute hinunter. »Ich weiß nicht, wer der Vater ist.«

Meine Kinnlade klappte nach unten. »Meinst du das ernst?« Ich hielt mir vor Schock die Hand vor den Mund. »Egal, ist unwichtig. Ich freue mich so sehr für dich. Oh mein Gott, ich werde Tante!«

Sie streichelte ihren Bauch.

»Seit wann weißt du es?«

Sie schaute sich im Restaurant um und öffnete zögernd ihren Mantel. Eine kleine Wölbung war sichtbar.

»O Gott, ich freue mich so. Bist du deshalb hergekommen?«

»Ich konnte dich telefonisch nicht erreichen, seitdem du hier bist. Ich habe mir Sorgen gemacht und Marc kontaktiert.«

»Ja, ich hatte dir doch gesagt, dass ich diesen Urlaub nicht ständig am Handy klebe und dass ich Zeit mit meiner Familie verbringen will. Und das Internet hier ist auch eine Katastrophe.« Ich zögerte einen Moment, bevor ich sie weiter befragte. »Kann ich dir irgendwie helfen? Möchtest du darüber sprechen?«

Sie schüttelte mit dem Kopf. »Danke, wann anders vielleicht. Nur deshalb bin nicht hier.«

»Weshalb sonst? Ach, eigentlich ist mir das egal. Du bist hier. Was will ich mehr?« Ich lachte.

»Ja, ich freue mich auch, dich zu sehen.« Sie stockte. »Wir machen uns Sorgen um dich, Maddy. Marc macht sich Sorgen um dich und bat mich, hierherzukommen. Für dich da zu sein.«

Ich schaute sie schockiert an.

»Maddy, ich bin deine Schwester. Ich möchte für dich da sein.«

Ich konnte ihr nicht folgen.

»Ich liebe dich. Du kannst mich immer anrufen, das habe ich dir oft genug gesagt.« Sie stockte erneut.

»Linda, ich verstehe nichts. Komm zur Sache.« Mein Magen zog sich zusammen. Ich dachte an den

Wutanfall im Atelier. Hatte Marc davon erfahren und Linda deshalb hierher gerufen? Ich fühlte mich vollkommen überrumpelt und wollte nur noch zurück zu Luis.

Sie legte ihre Hand auf meine und sah mich an. »Ich werde dir helfen Maddy.«

»Ist es wegen gestern Nacht? Meine Güte, was hat dir Marc erzählt? Wieso spricht er nicht mit mir darüber?« Als sie mir auf diese Frage keine Antwort gab, brannten meine Sicherungen durch. Ich fühlte mich hintergangen und vorgeführt. »Warum lässt er dich nach Österreich kommen, um mich zu fragen, ob alles in Ordnung ist? Ich verstehe diesen Mann einfach nicht. Zumal du schwanger bist!« Ich ballte meine Hand zu einer Faust zusammen.

»Maddy, die Schwangerschaft ist noch ziemlich früh. Kannst du es bitte erst einmal für dich behalten?«

»Ja, natürlich«, sagte ich, »darum geht es hier auch nicht.«

»Möchtest du denn über gestern Nacht sprechen?«

Ich stand auf. »Nein. Ich habe dich echt lieb und freue mich sehr, dass du hier bist. Nur gerade ist mir nicht danach. Ich muss raus an die frische Luft.«

»Ich habe bei euch in der Pension eingecheckt. Wenn du möchtest, können wir zusammen zurückfahren.«

»Ich bestelle mir ein Taxi. Marc kommt bestimmt gleich zurück. Dann kannst du ihm gerne sagen, was ich von der Aktion halte. Gute Nacht, Linda.« Ich sah, dass Marina uns von der Theke aus beobachtete.

»Ich kann dich auch fahren«, rief Marina mir zu. Ich schüttelte den Kopf, da hatte sie bereits das Telefon in der Hand, um mir ein Taxi zu rufen. Als ich die Tür erreichte, sah ich Linda zu mir eilen. »Warte bitte Maddy, bitte fahr morgen mit mir wieder zurück.«

Wütend stampfte ich hinaus in die Kälte und atmete tief durch. Was war in Marc gefahren, dass er, statt mit mir zu sprechen, meine Schwester kilometerweit fahren ließ?

Ja, ich hatte gestern einen kurzen Nerven-zusammenbruch. PMS, was weiß ich. *Marc Stone, du kannst dich darauf verlassen, dass du diesen Abend nicht mit mir in einem Bett schlafen darfst.* Meinetwegen konnte er sich mit Linda ein Zimmer teilen.

Die Straßen waren leer. Auf der anderen Straßenseite sah ich ein Mädchen. Mit ihrem Handy in der Hand und Zigarette im Mund.

»Entschuldigung?«, schrie ich hinüber.

Sie schaute zu mir.

»Kann ich eine haben? Es ist ein Notfall.«

»Sie meinen ne Kippe?«, rief sie zurück.

»Ja, bitte!«, flehte ich.

Sie steckte ihr Handy in ihre Hosentasche, zog die Ärmel ihres grünen Parkas über ihre Hände und lief zu mir über die Straße.

»Sie sehen aber nicht so aus, als hätten Sie Probleme.«

Ich schaute sie erschrocken an. »Wow, das nenne ich mal eine klare Ansage. Kriege ich trotzdem bitte eine?«

Kapitel 18

Die Nacht hatte ich in Luis' Zimmer verbracht. Auch wenn ich nicht nachtragend war, war ich nicht in Stimmung, mit Marc über Lindas Ankunft zu sprechen. Auch nicht beim Frühstück.

Luis und Marc verbrachten den Vormittag draußen im Schnee. Ich entschied mich, mit einem guten Buch und einem heißen Kaffee, auf dem Zimmer zu bleiben. Als ich gerade auf dem Weg in die Küche war, um mir eine zweite Tasse Kaffee zu holen, hörte ich ein merkwürdiges Geräusch von draußen. Ein Kratzen. Ich blieb am Fenster im Flur stehen und schob die Gardine beiseite. Ein kleiner Vogel saß auf der Fensterbank und scharrte im Schnee.

Auf der anderen Straßenseite fiel mir zum ersten Mal ein altes Fachwerkhaus auf.

Gerade als ich mich abwenden wollte, erkannte ich die Umrisse einer Person in einem Fenster in der dritten Etage. Ich kniff meine Augen zusammen, um sie genauer betrachten zu können.

Es kam eine zweite dazu. Ich lehnte mein Gesicht gegen die Fensterscheibe, in der Hoffnung, durch den kleinen, offenen Spalt der Gardinen im Fenster gegenüber schauen zu können. Da erkannte ich die Personen. Marc und Marina. Die Gesichter so nah beieinander, dass kein Blatt dazwischen passte. Sie küssten sich. Erst zärtlich. Dann wild. Und im nächsten Moment sah ich, wie er seine Hände um ihren Hals legte. Sie würgte. Ihre Luftröhre zudrückte. Sie riss schlagartig die Arme hoch und versuchte ihn von sich wegzudrücken. Doch sie schaffte es nicht, stattdessen sackte sie zusammen und fiel zu Boden.

Meine Hände waren feucht und zitterten. Ich ließ meine Finger vorsichtig in meine Hosentasche gleiten. Holte mein Handy heraus und führte es vor mich. Ich hoffte so sehr, mich geirrt zu haben. Ich wählte seine Nummer. Kein Empfang. »Du Miststück«, hörte ich ihn plötzlich hinter mir flüstern, bevor ich einen dumpfen Schlag gegen den Kopf spürte und zusammensackte.

»Maddy? Maddy?«

»Mami, geht's dir gut?«

Der Boden unter mir war hart. Ich öffnete meine Augen.

Luis beugte sich besorgt über mich und krallte sich in meinen weinroten Pullover.

Ich richtete mich auf.

»Maddy, was ist passiert? Bist du gestürzt?« Marc hielt meine Hand fest und sah mich besorgt an. »Lass mich dir hochhelfen. Geht es dir gut?«

Mein Blick wanderte zu dem leicht beschlagenen Fenster. Ich sah die Straße vor der Pension.

Gegenüber dichte Tannen, mit Schnee bedeckt. Kein Fachwerkhaus. Ich hatte es anscheinend nur geträumt.

Ich fasste an meinen Kopf. Keine Beule. Keine Schmerzen. Fred kam mit einem Kühlpack zu mir geeilt. »Maddy, Liebes, wir haben dich ohnmächtig gefunden. Ist alles in Ordnung?«

»Ich denke schon«, stammelte ich. »Komm, wir bringen dich aufs Zimmer, damit du dich ein wenig hinlegen kannst«, sagte Marc, half mir hoch und stützte mich.

»Vielleicht sollten wir einen Arzt rufen«, schlug Fred vor.

»Mami, brauchst du einen Krankenwagen?«

»Nein, mir geht es gut.« Ich schaute noch ein letztes Mal aus dem Fenster. Mit Erleichterung stellte ich fest, dass es nicht real gewesen sein konnte.

Als wir auf dem Zimmer waren, ließ ich mich ins Bett fallen.

»Woran erinnerst du dich?«, fragte mich Marc besorgt, als wir alleine waren.

»Ich weiß nicht so genau. Nach der Dusche wollte ich mir einen Kaffee aus der Küche holen, ich habe ein merkwürdiges Geräusch gehört und aus dem Fenster geblickt. Danach bin ich anscheinend ohnmächtig geworden.« Die Details ließ ich aus, um ihn nicht zu verunsichern.

»Vielleicht bist du ausgerutscht. Geht es dir denn wirklich gut?«

»Ja, ich denke schon.« Ich fasste mir erneut an den Kopf.

»Wann wollen wir zu unserem letzten Wanderausflug los?«

Irritiert sah Marc mich an. »Du hattest einen Unfall. Ich halte es für keine gute Idee, jetzt aufzubrechen.«

»Ja, und ich sage dir, dass es mir gut geht. Ich habe mich auf den Ausflug gefreut.« Ich pausierte. »Außerdem könnten wir meine Schwester fragen, ob sie mitkommen möchte.«

»Ich denke, wir sollten ohne sie fahren«, antwortete er nüchtern.

»Wieso? Ich habe mich ihr gegenüber falsch verhalten. Der Abend gestern lief nicht optimal. Aber das ist eine andere Geschichte. Darüber würde ich später gerne noch einmal in Ruhe mit dir sprechen.«

Marc drehte sich von mir weg. »Na gut, wie du möchtest. Ich denke, es spricht nichts gegen einen kurzen Spaziergang.« Er kratzte sich an seinem Bart.

»Mami, können wir den Schlitten mitnehmen?«

»Klar, der müsste am Eingang stehen.«

»Ich sehe mal nach«, rief Luis, öffnete die Zimmertür und rannte hinaus.

»Wenn dir schwindelig ist, dann sag mir bitte Bescheid.« Er schien ehrlich besorgt zu sein.

Im nächsten Moment hörte ich Luis von draußen panisch nach mir schreien.

Ich sprang auf und eilte zu ihm, so schnell ich konnte. »Was ist los, Luis?«

Ich sah, dass er sich hinter dem Schlitten am Eingang versteckte. Seine Miene war angstverzerrt. Etwas großes Braunes stand vor ihm.

»Luis!«, rief ich laut. »Schatz, beweg dich nicht.« Ich schnappte mir die Schneeschippe, die im Flur an der Wand lehnte, und schlich langsam wieder zu Luis hinaus.

Der Hund fing an zu knurren.

»AUS!«, schrie ich, machte mich groß und sprang vor Luis.

»Heidi, aus!«, rief eine Frauenstimme. »Komm sofort her!« Ein mir bekanntes Gesicht blickte mich an.

»Marina?«, sagte ich erleichtert. »Ist das dein Hund?«

»Es tut mir so unglaublich leid. Eigentlich ist sie ganz lieb.«

Erst träume ich von dir, und jetzt stehst du mit deinem Hund vor uns. Welch ein seltsamer Zufall.

»Ich wollte meine Eltern besuchen. Weißt du, wo sie sind?« Ich schüttelte den Kopf.

»Und du Süßer musst Luis sein. Freut mich, dich kennenzulernen.«

Luis versteckte sich hinter mir.

»Ihr bleibt noch eine Nacht, oder?«

Ich nickte.

»Und was habt ihr heute so Schönes vor?«

»Wir wollen alle zusammen ein wenig spazieren gehen.«

»Ich habe Linda eben wegfahren sehen.«

»Echt? Oh, okay. Gut zu wissen.«

»Ich schau dann mal drinnen nach meinen Eltern. Wir sehen uns, Maddy! Und sorry noch mal wegen Heidi!«

Kapitel 19

Genüsslich biss ich in mein Croissant hinein, das ich mir aus der Pension mitgenommen hatte, und ließ die letzten Tage gedanklich Revue passieren. Ich freute mich auf unseren letzten Ausflug in der Region. Eine Schneewanderung durch das Naturschutzgebiet *Ehrwalder Becken.*

Als könnte Marc meine Gedanken lesen, sagte er: »Ich würde gerne noch ein paar Tage länger bleiben. Der Urlaub war viel zu kurz, findest du nicht?«

»Er ist doch noch gar nicht zu Ende. Die Zugspitze ruft nach uns, hörst du es?«, antwortete ich und steckte mir das letzte Stück in den Mund. »Das leckere Frühstück werde ich definitiv vermissen. Du auch, Luis?«

»Su macht die besten Waffeln«, erwiderte er.

»Ey, ich dachte, die Mama macht die besten Waffeln.« Luis kicherte.

Ich blätterte den Reiseführer durch, den ich mir aus dem Restaurant mitgenommen hatte.

»Ich fand es sehr erholsam, eine ganze Pension für mich zu haben«, sagte Marc. Unrecht hatte er damit nicht. Seit unserem ersten Urlaubstag waren wir die einzigen Gäste in der Pension. Ausgenommen von Linda, die nach Ehrwald gekommen war, um mich mit ihrer Fürsorge verrückt zu machen. Mich vor der

Zugspitze zu warnen. Mir vorzuschreiben, dass ich mich anders zu verhalten hatte.

»Wusstest du, dass es in dem Naturschutzgebiet ein zum Teil trockengelegtes Moor gibt? Wir müssen es uns unbedingt ansehen, « unterbrach mich Marc aus meinen Gedanken.

»Und wusstest du, dass es dort viele gefährdete Tier- und Pflanzenarten gibt? Vielleicht finde ich eine Orchidee für dich.«

Ich sah zu ihm, schüttelte den Kopf. »Nein, das wusste ich nicht. Ich bin gespannt, wie du unter einer dicken Schneeschicht eine Orchidee finden willst.« Ich lachte. »Vielleicht sollten wir nächsten Sommer zum Wandern herkommen, was meinst du?«, fragte ich ihn.

»Wandern? Super Idee. Ich bin dabei!«

»Die Chance, dann eine Orchidee zu finden, ist höher.« Ich gab ihm einen Luftkuss.

»Wobei, traust du dir das eigentlich zu? Wir sprechen hier von einer richtigen Wanderung, keinem Spaziergang.«

»Ach, wir besteigen ja nicht die Zugspitze. Und so ein Wandertag in einem Naturschutzgebiet stelle ich mir sehr romantisch vor.« Ein Wald, Sonnenstrahlen, die sich durch die Baumkronen kämpften, um das Moor zu verzaubern, mit Orchideen in jeder Farbe, soweit das Auge reichte. Wie in einem Fantasyfilm.

Wir näherten uns einer kleinen, verschneiten Parkbucht am Waldrand.

»Sind wir schon da?«, fragte ich ihn.

»Ja.« Sein Handy vibrierte, als er den Motor abstellte. Er nahm es in die Hand, während ich damit beschäftigt war, meinen roten Wollschal enger zu ziehen.

Ich öffnete die Tür, setzte einen Fuß in den Schnee, der wie Milchschaum zusammenfiel, und stieg aus. Mit Schwung schlug ich die Tür zu. An Marcs Lippenbewegungen konnte ich erkennen, dass er nicht erfreut darüber war. Ich formte meine Lippen zu einer stummen Entschuldigung. Als ich gerade Luis' Tür öffnen wollte, startete Marc plötzlich den Wagen, trat auf das Gaspedal und fuhr mit Vollgas einfach davon.

Vor Schreck taumelte ich einige Schritte zurück, stolperte über eine Baumwurzel und fiel in den Schnee, der einen halben Meter hoch lag. Ich sah unseren Wagen rechts den Waldweg abbiegen und hinter der Böschung verschwinden.

»Was zum Teufel? Hallo?«, schrie ich laut in den Wald hinein, auch wenn Marc mich nicht hören würde. Er war fort.

Ich stand auf, klopfte den Schnee von meinem Körper ab. Meine Hände waren eiskalt. Meine Handschuhe hatte ich im Auto liegen lassen. *Was soll das denn jetzt?*

Wieso war er weggefahren? Aus welchem Grund ließ er mich hier alleine stehen? Mitten im Wald? Im

Nirgendwo? Hatte es etwas mit der SMS zu tun, die er offenbar bekommen hatte? Vielleicht hatte er sich über mich geärgert, weil ich die Tür zu fest zugeschlagen hatte. *Ach Maddy, wieso passieren dir immer so seltsame Dinge?*

Wütend zog ich mein Handy aus der Jackentasche. Ausnahmsweise hatte ich es mal mitgenommen, um ein paar schöne Fotos machen zu können. Ich rief ihn an. Vergeblich. Kein Empfang. »Mist!« Ich schaute mich um. Entdeckte von weitem ein Eichhörnchen, das gerade einen Stamm hochkletterte. Ich setzte einen Schritt in den tiefen Schnee, rutschte mit meiner flachen Sohle aus und fiel erneut hinein. Beim Versuch aufzustehen, schlitterte ich einen kleinen Hang hinunter. Ich versuchte panisch Halt zu finden, mit der Ferse zu bremsen. Ohne Erfolg.

Unten angekommen, schlug ich mit dem Kopf auf einen kleinen Felsen auf. »Aua, so eine Scheiße!« Ich zog meine Mütze aus, fasste mir an die Schläfe. Blut tropfte auf den weißen Schnee. *Das fehlt mir jetzt noch.* Ich musste wieder nach oben kommen, zur Straße.

Eine halbe Stunde war vergangen. Eine halbe Stunde, die ich verletzt am Straßenrand entlanggelaufen war. Kein einziges Auto war hier langgefahren.

Ich schlang meine Arme um mich. Mein Körper zitterte. Die Wunden schmerzten. Mit Tränen in den

Augen sah ich von weitem ein blaues Auto und konnte mein Glück kaum fassen. Ich winkte hektisch.

Zu meinem Glück hielt der Wagen an. Ein alter Golf.

Ein blondes Mädchen kurbelte das Fenster runter. Sie musste erst ihren Führerschein bekommen haben, älter als achtzehn war sie nicht. »Ist alles okay? Du blutest!«

»Ich hatte einen kleinen Unfall. Könntest du mich vielleicht nach Ehrwald bringen?«

»Klar, ich bin sowieso auf dem Weg dorthin. Du bist aber keine Psychopathin, die mich umbringen will, oder?«

Schmunzelnd schüttelte ich den Kopf. »Nein. Keine Sorge. Das ist wirklich nett von dir.« Ich öffnete die Tür und setzte mich auf den Beifahrersitz. Sie fuhr los und ich blickte aus dem Fenster in den immer grauer werdenden Himmel. In einer Stunde würde es dunkel werden.

»Du kommst aus Deutschland, oder? Hört man am Akzent.«

»Ja, aus Mainz.«

»Ich bin Elli. Was ist denn passiert?«

»Ich bin ausgerutscht und einen Hang einige Meter runtergeschlittert. Und nach so viel Glück bin ich dann auch noch gegen einen Felsen geknallt.«

»Oh Gott, du Arme.«

Wir fuhren an der Stadtbeschilderung *Ehrwald* vorbei.

»Wo soll ich dich rauslassen?«

»Könntest du mich eventuell direkt zu meiner Unterkunft in der Ludwigstraße fahren? Das wäre echt lieb von dir.«

»Freds Pension?«, fragte sie überrascht.

»Ja, genau. Kennst du Fred und Su?«

»Jeder in Ehrwald kennt sie. Sie sind echt toll! Ich habe sie schon lange nicht mehr gesehen. Grüß sie lieb von mir.«

Mein Kopf pochte. Ob es an dem Unfall oder an dem Flüssigkeitsmangel lag, konnte ich nicht sagen.

»Ich habe hinten eine Flasche Wasser, trink etwas«, forderte sie mich auf, als könnte sie meine Gedanken lesen.

Ich drehte mich um und suchte auf der zugemüllten Rückbank nach der Wasserflasche. Neben Zigarettenschachteln, Pfandflaschen und Kleidungsstücken fand ich sie. Nicht angebrochen.

»Ich weiß, es sieht furchtbar aus«, sagte sie beschämt.

»Ach, als ich in deinem Alter war, war ich nicht ordentlicher.« Ich lachte und trank einen großen Schluck.

Wir bogen in die Straße ein, in der die Pension lag.

Als sie davor parkte, öffnete ich den Gurt, bedankte mich bei ihr und stieg aus.

Elli winkte mir zum Abschied zu, warf ihren Pony zur Seite und fuhr weiter.

Ich suchte nach unserem Auto, das nicht auf dem Parkplatz stand. Mich überkam wieder Zorn. Wieso hatte Marc mich alleine im Wald stehen lassen, am helllichten Tag, mit Luis auf der Rückbank?

Ich stieg die Stufen zum Eingang hoch, hielt mich am Geländer fest. Zögernd betrat ich die Pension.

Su stand ausnahmsweise am Tresen und sah mich erschrocken an. Starrte auf meinen Kopf. »Maddy, was ist geschehen?« Sie eilte zu mir und stützte mich.

Auch Fred kam aus dem Aufenthaltsraum auf mich zugelaufen. »Hattet ihr einen Unfall?«

Ich konnte meine Tränen nicht mehr zurückhalten und Su nahm mich in den Arm. Ich hörte einen Wagen in die Einfahrt fahren.

Fred packte mich am Arm und zog mich zu sich. »Komm mit nach oben, ich schaue mir das genauer an.«

Wir gingen zusammen die Treppen hoch in den ersten Stock. Es gab dort am Ende des Flures drei Zimmertüren. Er öffnete die letzte auf der rechten Seite und bat mich hineinzugehen.

Das Zimmer war riesig. Größer als unseres, das genau darunter lag. Sie nutzten es offenbar selbst.

Ich setzte mich auf die ausladende L-Couch.

Er eilte durch die Tür in den Raum nebenan und kam mit einem Verbandskasten zurück.

Während er die Wunde an meinem Kopf desinfizierte, dachte ich daran, wie sehr er mir in den wenigen Tagen ans Herz gewachsen war. Fred erinnerte mich an meinen Vater. Warmherzig und fürsorglich. »Möchtest du mir erzählen, was passiert ist?« Er schaute wieder über seine Brillengläser hinweg.

»Ich kann nicht.«

»Wieso? Hat Mark dir etwas angetan?«

»Nein, aber …«

»Aber?«

»Ich bin einen Hang runtergerutscht und habe mir den Kopf gestoßen.«

»Ja, das ist nicht zu übersehen. Wo ist Marc?«

Ich zog die Schultern hoch.

»Kann ich etwas für dich tun?«

»Ich sollte erst mit ihm sprechen.«

Nach einem kurzen Moment des Schweigens nickte er.

Mein Handy klingelte. Ich erschrak. Es war Marc, ich nahm ab.

»Ich lasse dich einen Moment alleine«, sagte Fred und verließ das Zimmer.

»Schatz, wo zum Geier bist du? Wir haben uns Sorgen gemacht«, rief Marc aufgebracht.

Stille. Seine Worte flogen durcheinander in meinem Kopf. Was meinte er?

»Ich möchte, dass du da bleibst, wo du bist. Wir kommen zu dir«, fuhr er fort.

Eine Träne lief meine Wange hinunter. Was für ein gemeines Spiel spielte er?

»Bist du noch im Wald?«

»Ich bin in der Pension«, antwortete ich.

Ich hörte ihn aufatmen.

Luis fragte im Hintergrund nach mir.

Ich legte auf, ehe ich im Meer meiner Tränen ertrank. Zusammengebrochen. Auf dem Boden in Freds Zimmer. Meine Wunde an der Schläfe schmerzte, als die Tränen sie berührten.

Ich hatte mich immer von ihm geliebt und beschützt gefühlt. Er war meine starke Schulter, mein Fels in der Brandung gewesen. Aber diese Aktion hatte eine Welle von Hass und Zorn ausgelöst. Angst, Verletzlichkeit, Einsamkeit.

Verwirrt begab ich mich auf den Weg nach unten zu unserem Zimmer. Ich sprang unter die Dusche und zog mir etwas Bequemes an.

Wenige Zeit später hörte ich unseren Wagen parken.

Als Luis kurz darauf als Erster das Zimmer betrat, rannte er auf mich zu und sprang in meine Arme. »Mama, was ist mit deinem Gesicht passiert? Mami, wo warst du denn?«

Auch Marc sah mich entgeistert an und kam auf mich zu. »Wo hast du gesteckt? Wir haben dich überall

gesucht. Dein Handy war die ganze Zeit über aus.« Er
wirkte ernsthaft besorgt. Nicht gespielt.

Ich wollte keinen Streit anfangen und drückte Luis
fest an mich. Mit all meiner Liebe, bedingungslos und
rein.

Kapitel 20

Draußen war es friedlich. Das Schneegestöber hatte sich gelegt. Die Schneeflocken rieselten leise und bedacht zu Boden. Es war die Ruhe nach dem Sturm. Doch in mir wütete er weiter.

Ich hatte den ganzen Abend nicht mit Marc gesprochen. Ich hatte die Nacht unruhig geschlafen. Als ich gegen fünf wach wurde, lag er nicht mehr neben mir.

Ich hatte aus dem Fenster gesehen, und ihn die Straße vor der Pension auf und ab laufen sehen. In seinem grauen Pullover und seiner schwarzen Weste. In Gedanken.

Der Urlaub sollte uns wieder zueinander führen. Nicht voneinander weg.

Gerade als ich mir meine Jacke über die Schultern warf, stand Linda mit Kaffee in der Hand vor mir. Mit ihrem rosa Stirnband sah sie jünger aus. Ihre Augen waren klein und rot. Ob sie geweint hatte?

»Guten Morgen, Schwesterherz. Wie geht es dir?«

Sie blickte sich in unserem Zimmer um und reichte mir den Kaffee.

Kaffee löste keine Probleme. Kaffee öffnete die Tür zum Gespräch. Zu einer Versöhnung. »Wo ist mein süßer Luis? Ist er schon wach?«

Ich nickte. Gähnte und hielt mir schnell die Hand vor den Mund.

Sie griff sich in ihre Hosentasche und reichte mir eine Mütze. »Die würde ich gerne Luis schenken.«

Sie war dunkelblau und hatte aufgestickte Monsteraugen.

»Die wird ihm sicherlich gefallen«, antwortete ich.

»Ich bin noch so müde. Was war das für ein Sturm heute Nacht?! Ich dachte, die Hütte fliegt weg.« Sie schmunzelte.

Ich nahm einen Schluck Kaffee. »Du siehst wirklich müde aus.«

»Ich habe gestern Abend noch ein wenig gelesen und konnte nicht schlafen«, sagte sie mit einem traurigen Unterton. »Mir ging es nicht so gut, die Schwangerschaft schlägt mir auf den Magen.«

Ich nickte mitfühlend.

»Wir konnten uns gar nicht richtig unterhalten. Wenn ich ehrlich bin, lief der Urlaub anders als geplant.«

Jetzt nickte sie mitfühlend und streichelte ihren Bauch, der in ihrer beigen Strickjacke versteckt war.

»Darf ich auch mal?«, fragte ich zögerlich.

»Klar, komm her.« Sie nahm meine Hand und führte sie an ihren Bauch. Ihre kleine Kugel war fest. Ich spürte ein warmes Gefühl tief in mir.

»Ich kann es immer noch nicht glauben, dass ich Tante werde. Wie weit bist du denn schon?«

»In der zwölften Woche.«

»Und was hast du vor? Also ich meine, wie wirst du herausfinden, wer der Vater ist?«

Sie biss sich auf die Unterlippe. Schaute zu Boden.

»Die Frage kam unangemessen. Es tut mir Leid.«

Sie drehte sich um und wollte schlagartig das Zimmer verlassen.

»Linda. Moment. Möchtest du heute mit uns auf die Zugspitze?«

Sie drehte sich mit trauriger Miene um. »Du weißt doch, dass ich Höhenangst habe.« Jetzt lächelte sie. »Als wir klein waren, sprachst du immer davon. Du träumtest, auf dem Berggipfel zu wohnen, erinnerst du dich?«

»Ja, natürlich. Heidi aus den Bergen war mir zu langweilig. Ich wollte Heidi auf dem Gipfel sein.«

Wir lachten.

Sie kam auf mich zu und umarmte mich unerwartet. Fest.

»Ich habe dich so sehr vermisst. Versprich mir, dass wir uns häufiger sehen. Ich meine, ich werde bald Tante!«

Sie blickte erneut auf den Boden. Die Mundwinkel wieder nach unten gezogen.

»Linda, ist bei dir alles in Ordnung?«

»Eigentlich ist nichts in Ordnung, Maddy.« Tränen liefen über ihre Wangen.

»Was ist los? Du kannst mit mir über alles sprechen.«
Sie antwortete nicht.

»Der Streit im Restaurant war unnötig. Es tut mir leid«, fuhr ich fort, während sie starr aus dem Fenster blickte. »Du bist doch meine kleine Schwester.«

»Hör bitte auf! Ich muss jetzt gehen, Maddy. Kann ich mich noch von Luis verabschieden?« Doch bevor Linda die Tür zu seinem Zimmer erreichte, klopfte es. Linda band sich schnell ihre Strickjacke zu und wischte sich ihre Tränen weg.

Ich öffnete die Tür und vor mir stand Su, in einem blau-weißen Dirndl.

»Schickes Outfit.«

»Danke«, sagte sie freundlich und strich ihr Kleid glatt. »Weißt du, wo Linda ist? Ich habe ihr etwas für unterwegs fertig gemacht. Sie hat eine lange Fahrt vor sich.«

»Hier bin ich«, antwortete Linda und trat vor die Tür.

»Vielen Dank für die Gastfreundschaft. Es wird nicht der letzte Besuch gewesen sein, Su.« Sie schaute zurück zu mir.

»Maddy, gibst du Luis einen Kuss von mir? Ich muss jetzt los.«

Ich drückte sie. »Melde dich, wenn du wieder zu Hause bist.«

Kapitel 21

Punkte verzierten das Cover. Gelb, blau und rot. *Starke Nerven, starke Mama*, ein Ratgeber für Eltern. Mit viel Humor und Selbstironie. Und ein paar langweiligen Rezepten für Kinder. Armer Ritter war bei uns beliebt. Und Waffeln. Ich schlug das Buch zu und beschloss es hier zu lassen, damit andere Gäste es lesen konnten. Im letzten Kapitel gab es einige Tipps zur Freizeitgestaltung. Deshalb hatte ich es mitgenommen, falls wir an einem schlechten Tag gezwungen werden würden, unsere Zeit in der Pension zu verbringen.

»Ich bringe das Buch in den Aufenthaltsraum. Schaust du bitte in der Zeit, ob wir alles eingepackt haben? Nicht dass wir etwas vergessen.«

»Joa, klar«, sagte Marc in einem monotonen Ton. Ich wusste, dass er es nicht tun würde. Im Flur blieb ich einen Moment stehen und schaute aus dem Fenster hinaus.

Ach, Österreich, ich werde dich vermissen. Zum letzten Mal bewunderte ich die Aussicht aus der Pension. Am nächsten Tag würde ich aus meinem Küchenfenster nur noch die Häuser und Gärten meiner Nachbarn bewundern können.

Ich betrat den Aufenthaltsraum und öffnete die großen Türen des Bücherschranks. Auch den alten, muffigen Geruch der vergilbten Bücher würde ich vermissen. Ich stellte das Buch hinein und blickte auf den Buchrücken des Elternratgebers.

»Linda«, flüsterte ich. Wieso war ich nicht auf die Gedanken gekommen, es meiner Schwester zu schenken?

Su kam aus der Küche und trocknete mit einem geblümten Geschirrtuch ihre Hände ab. »Linda? Ist sie nicht schon weg?«

»Ja. Ich musste nur eben an sie denken«, antwortete ich und tippte auf den Ratgeber.

»Soll ich euch ein Lunchpaket für die Fahrt vorbereiten?«

»Wir fahren doch nur eine halbe Stunde nach Garmisch-Partenkirchen.«

»Ah, stimmt. Ihr wollt ja noch auf die Zugspitze. Das hatte ich fast schon vergessen.« Su lächelte mich an. »Bevor ich es vergesse… Keiner verlässt die Pension, ohne einen Eintrag in unserem Gästebuch zu hinterlassen.« Sie zeigte auf die Fensterbank, auf der das Buch lag.

»Sehr gerne«, antwortete ich und nahm das Gästebuch in die Hand. Ich blätterte bis zum letzten Eintrag vor, um auf der darauffolgend leeren Seite zu schreiben. Und was ich dort im Eintrag las, gefiel mir gar nicht.

Liebe Su, lieber Fred,

es war kurz, aber wundervoll bei euch.

Ich habe mich sehr wohlgefühlt.

Ihr habt ein großes Herz.

Das kann ich leider nicht von mir behaupten.

Liebe Grüße

Linda

Ich las die Zeilen ein zweites Mal. Ein drittes und ein viertes Mal. Was meinte sie mit den letzten Sätzen?

Ihr habt ein großes Herz.

Das kann ich leider nicht von mir behaupten.

Ich war in Gedanken versunken, als mir eine große Hand an die Schulter packte. Erneut, wie an jenem Abend draußen an der Bank. Ich zuckte zusammen, klappte das Buch reflexartig zu.

»Maddy, ich hoffe du hast uns ein paar freundliche Zeilen hinterlassen.«

»Ähm, ja«, stotterte ich. »Wollte ich gerade.«

»Ich habe Marcs Buch gefunden«, sagte er und schaute an mir vorbei, blickte aus dem Fenster auf den Parkplatz.

»Welches Buch?«

»Nach dem er vorhin gesucht hat, oben in Lindas Zimmer.«

Ich schaute ihn fragend an. Schüttelte den Kopf.

Er reichte mir einen Roman, der mir unbekannt war.

162

Der Frieden von Wilhelm Lutz.

»Der muss von hier sein, Marc liest nicht. Oder vielleicht gehört er Linda.«

Er drückte mir das Buch in die Hand, schaute über seine Brillengläser hinweg und tätschelte meinen Arm. »Du solltest mal reinschauen.«

Ich nahm ihm das Buch ab, um nicht unhöflich zu sein. »Okay, danke.«

»Wir sehen uns gleich noch einmal, bevor ihr losfahrt, oder?«, fragte er während er Richtung Küche ging.

»Ja, ich denke, in einer halben Stunde sind wir so weit.«

Als ich mich wieder dem Gästebuch zuwandte, fiel mir das Buch aus der Hand, das mir Fred gegeben hatte. Es prallte zu Boden und ein zusammengefaltetes Blatt flatterte heraus. Ich hob es auf und faltete das Blatt vorsichtig auseinander.

Hallo Marc,

du hast unser Gespräch gestern Nachmittag mit verletzenden Worten beendet. Ich wollte dir noch so viel sagen. Doch du bist gegangen. Hast mich sitzen lassen. Deshalb schreibe ich dir ganz altmodisch diesen Brief.

Ich vermisse dich. Sehr sogar. Aber ich kann dir meine Gefühle vor Maddy nicht zeigen. Ich liebe meine Schwester über alles, halte es aber nicht mehr ohne dich aus.

Ich weiß, was du für deine Ehe tust, weil du sie retten willst und Angst um Maddy hast. Ich verstehe, dass du deine Familie nicht verlieren möchtest und dafür schätze ich dich sehr. Für deine Stärke.

Wir planten eine gemeinsame Zukunft, doch du warst dir nicht sicher und hast Angst bekommen. Mich ignoriert. Bist davongelaufen. Bis vor drei Monaten. Da standest du einfach vor meiner Haustür. Flehtest mich an, dir eine Chance zu geben. Du hast mir gesagt, dass du es bei Maddy nicht aushältst. Mit diesem Geheimnis nicht leben kannst.

Ich habe dich davor gewarnt, dass ihre psychischen Anfälle stärker werden könnten. Du rufst mich an, bittest mich nach Österreich zu kommen, weil du mit ihren Anfällen nicht klarkommst, und lässt sie dann alleine im Wald stehen, weil du Angst hast, sie könnte von mir die Wahrheit erfahren?

Die schlechte Nachricht: Irgendwann wird sie alles erfahren. Irgendwann wird sie von uns erfahren. Ich werde sie dadurch verlieren. Aber ich möchte nicht auch dich verlieren. Wir möchten dich nicht verlieren. Dein Baby und ich. Marc, ich bin im dritten Monat schwanger.

Der Brief fiel mir aus den Händen. Ich konnte und wollte ihn nicht weiterlesen. Meine Schwester war schwanger von meinem Ehemann. Tränen liefen meine Wangen herunter. Ich zitterte am ganzen Körper.

Kapitel 22

Ich drehte das Radio lauter. *Memories* von Maroon 5 lief. Ich wünschte, dass meine innere Stimme leiser werden würde. Aber das war unmöglich.

Ich dachte an all die Jahre, die wir miteinander verbracht hatten. In denen wir gelacht und geweint, gestritten und uns wieder versöhnt hatten. Es hatte nur einen extremen Streit in unserer Beziehung gegeben, als wir jung und dumm gewesen waren. Wir hatten im Regen gestanden und ich hatte ihn angefleht, mich nicht zu verlassen. Er hatte sich für eine andere Uni entschieden und plante sein Studium an der Uni, die wir gemeinsam besuchten, abzubrechen. Aber auch diese Zeit hatten wir überstanden, waren klüger und reifer geworden. Wussten uns zu schätzen und zu respektieren.

Ich drehte meinen Kopf zur Seite und schaute raus, ins Leere. Autos fuhren an uns vorbei. Ich ertrug es nicht, seine Stimme zu hören. Ihn sehen zu müssen.

Erschöpft schloss ich meine Augen. Nahm einen tiefen Atemzug. *Luis, du bist der einzige Grund, warum ich lebe. Leben möchte.*

Ich wollte am liebsten losschreien, auf Marc einschlagen, ihm wehtun. Ihn fragen, wie er mir das antun konnte, meine Schwester zu schwängern. Mich zu betrügen. Hätte ich diesen Brief nie in die Hände bekommen, hätte ich vielleicht nie die Wahrheit erfahren. Dann würde ich mich immer noch über die Aktion im Wald aufregen. *Du hattest mich stehen lassen, um zu ihr zu fahren. Um sie davon abzuhalten, mir die Wahrheit zu sagen.*

Die ganze Nacht hatte ich wach gelegen und nachgedacht.

»Mama ich möchte noch nicht nach Hause fahren.«

Ich drehte mich zu Luis um. *Und ich am liebsten sofort*, dachte ich.

Ich wollte schnellstmöglich nach Hause, aber Marc hatte sich durchgesetzt.

»Wir haben nicht umsonst über zweihundert Euro ausgegeben. Es war dein großer Traum, ich verstehe es nicht«, hatte er gesagt, als ich ihm vorgeschlagen hatte, auf diesen Ausflug zu verzichten.

Auch wenn ich es kaum erwarten konnte wieder zu Hause zu sein, fiel mir der Abschied von Fred nicht leicht.

Wir hatten uns lange und fest gedrückt. »Du darfst mich jederzeit anrufen, wenn dir danach ist«, hatte er mir zugeflüstert und mir einen kleinen Zettel mit seiner Telefonnummer gegeben. Ich war mir sicher gewesen, dass er Marcs Geheimnis kannte. Er hatte mir absichtlich das Buch in die Hand gedrückt und gewollt, dass ich ihn finde und lese. Doch ich sollte nicht nur die Schuld bei Marc suchen. Ich hatte Linda vor allem und jedem beschützt, sie geliebt und bewundert. Sie war schon immer etwas naiv gewesen, was Männer anging. Hatte oft Pech und war mehrere Male betrogen worden. So sehr hatte ich mir einen passenden Partner für sie gewünscht, mit dem sie durch dick und dünn gehen würde. Aber dass sie eines Tages diejenige sein würde, die mir hinterrücks das Messer in den Rücken stieß, riss mir den Boden unter meinen Füßen weg. Wie konnte sie mir das antun?

»Ich mache mal eine kurze Pause.«

Ich schrak aus meinen Gedanken. Meine Hände waren feucht.

»Maddy?«

Ich antwortete ihm nicht. »Liebling?«

»Hör auf, mich so zu nennen.«

Er schaute zu mir und fasste mir an die Schulter. »Bitte sag mir endlich, was los ist. Du sprichst seit gestern kaum mit mir.«

Ich drehte mich weg von ihm.

»Mama, Papa wieso streitet ihr?«

»Wir streiten nicht, Luis«, antwortete ich genervt.

»Aber ihr seid böse aufeinander. Gestern hat Papa auch mit Tante Linda gestritten.«

Mein Hals schnürte sich zusammen. Hasserfüllt sah ich Marc an.

Ich drehte mich zu Luis um, streckte meinen Arm aus.

Er ließ Mr. Hopp los und ergriff meine Hand. Dabei lächelte er mich an und sagte: »Nicht traurig sein, Mami, alles wird gut.«

Dieser Satz traf mich so sehr, dass mir erneut die Tränen in die Augen schossen. Ich schloss meine Lider für einen kurzen Moment und drehte mich dann wieder zurück nach vorne. »Du hast mit Linda gestritten?«

»Nicht jetzt, Maddy.« Er fuhr die Abfahrt hinaus und steuerte auf die Tankstelle zu. »Ich glaube, wir sollten eine Pause machen, ich könnte etwas zu essen vertragen.« Luis reagierte auf sein Vorhaben mit Freude.

Bis zum Abend musste ich mich zusammenreißen. Ich holte Luis' Jacke aus dem Kofferraum, schnallte ihn ab und half ihm aus dem Auto heraus.

Marc ging schon vor. Es war besser so, dann würde er mich nicht weiter bedrängen, ständig danach fragen, was los sei und mich jedes Mal an den Rand eines Nervenzusammenbruches bringen.

Als wir den Bürgersteig zur Tankstelle entlang liefen, blieb Luis abrupt stehen. »Mami, ist dem Mann da nicht kalt?« Dabei zeigte er auf einen älteren Mann, der an die Mülltonnen gestützt schlief. Bei gefühlten minus zehn Grad.

Er hatte eine zerrissene Jeans an und eine rote Mütze auf dem Kopf, die bis zu den Augen heruntergezogen war.

»Mami, wollen wir ihm eine Decke bringen?«

Ich wusste nicht, wie ich einem Fünfjährigen erklären sollte, dass der Mann ein Obdachloser war. Wieso lag der Mann an der Autobahntankstelle? »Schatz er schläft, wir wollen ihn besser nicht aufwecken.«

Als Luis und ich die Raststätte betraten, entdeckten wir Marc an einem runden Tisch in der Ecke des Raumes. Pommes und belegte Bagels standen vor ihm.

Ich setzte mich hin und schob den Teller weg von mir.

Er schaute mich genervt an.

»Danke, aber ich habe keinen Hunger.« Ich stand wieder auf. Beschloss noch ein wenig raus an die frische Luft zu gehen. »Ich bin gleich zurück.«

Marc ignorierte mich und biss genüsslich in seinen Bagel.

Die Kälte ließ nicht nur mein Gesicht erstarren, sondern auch mein Herz zerbrechen. In kleine Eissplitter. *Ich liebte dich so sehr. Ich liebte euch so sehr. Wie konntet ihr beiden mir das antun?*

Ich erschrak, als ein silberner Kombi, der vor mir parkte, hupte. Ein alter Mann stieg aus. Er sah mich an. »Tut mir Leid, wenn ich Sie erschreckt habe. Ich wollte mich nur am Lenkrad stützen.« Ich konnte sein Lächeln nur mit einem gezwungenen Schmunzeln erwidern. Er lief zur Beifahrerseite und öffnete seiner Frau die Tür. Anschließend reichte er ihr seine Hand und half ihr hoch.

Gemeinsam alt werden würden wir in diesem Leben nicht mehr. Ich lief an ihnen vorbei, um sie nicht weiter so glücklich ansehen zu müssen. Es schmerzte zu sehr. Doch meine Gedanken verflogen, als eine in Panik aufgelöste Frau in einer schwarzen Jacke an mir vorbeirannte und nach Hilfe rief.

Mein Blick erstarrte, als ich hinüber zu den Containern sah, an denen der Mann mit der roten Mütze angelehnt war. Blut lief aus seinem Mund. Ich eilte panisch zu ihm, sprach ihn mehrmals an. »Entschuldigung. Hallo? Hören Sie mich?«

Ich fasste ohne Hemmung seinen Arm an, fühlte am Handgelenk nach seinem Puls, als er plötzlich die Augen aufriss, meine Hand fest drückte und mich hasserfüllt ansah.

»Wählen Sie den Notruf«, rief mir eine Frau hysterisch zu. Zitternd holte ich mein Handy aus der Hosentasche, das mir im nächsten Moment aus der Hand fiel. Als ich mich vorbeugte, um es aufzuheben, fiel mir auf, dass immer mehr Menschen um mich und den Mann standen. *Sie denken doch jetzt nicht alle, ich hätte etwas damit zu tun, oder?*

»Können Sie jetzt bitte den Notruf wählen«, zickte mich die ältere Frau neben mir an, als ich bemerkte, dass mein Handydisplay zersprungen war. Ich fühlte mich bedrängt und unwohl in diesem Moment.

»Ist hier irgendjemand in der Lage den Notruf zu wählen?«, fragte die Frau in die Runde.

»Lebt der Mann noch?«, hörte ich eine männliche Stimme aus der Menschenmenge. Keiner antwortete.

»Er ist tot, glaube ich«, flüsterte jemand hinter mir.

Verstörte Blicke, die mich erneut musterten.

Ich konnte es mir nicht länger anschauen und musste zurück zu Marc und Luis. Langsam entfernte ich mich von der Menschenmenge und schlenderte in Gedanken versunken zur Raststätte.

»Was ist dort draußen los?«, fragte mich Marc, und schaute den Menschen nach, die nach und nach aus der Raststätte eilten.

»Es ist jemand schwer gestürzt«, log ich.

»Mama, kommt jetzt der Krankenwagen?«

»Ja, Schatz, dem Mann wird geholfen.« Vielleicht war er bereits tot. Er wirkte blass.

Ein eiskalter Schauer lief meinen Rücken hinunter, als ich an seinen Blick denken musste.

Einige Minuten später hörte ich die Sirenen des Krankenwagens. Dann traf auch die Polizei ein.

»Lasst uns noch etwas trinken«, schlug ich vor, um Luis den Anblick des Mannes draußen zu ersparen. Doch eine ältere Frau kam panisch hereingestürmt und schrie nach ihrem Mann. »Er ist tot! Der Mann ist tot!«

Mein Magen zog sich zusammen. Mir wurde erneut speiübel. »Bestellst du uns etwas zu trinken, ich gehe kurz auf Toilette«, sagte ich und eilte Richtung WC, um mich nicht vor allen Menschen zu übergeben.

Kapitel 23

»Sie haben Ihr Ziel erreicht«, ertönte es aus dem Navi. Ich öffnete die Autotür. Sie war wieder angefroren. Mit meinem Knie drückte ich dagegen, sodass sie mit einem leisen Knacken aufsprang.

»Schaut mal! Dort ist der Eibsee.« Marc zeigte auf den See, der märchenhaft von Schnee umrahmt vor dem dichten Wald im Hintergrund lag.

Vor uns ein gläserner Kasten, der Eingang zur Seilbahn. Auf dem ersten Blick wirkte es wie ein supermodernes Technikmuseum.

Ich nahm Luis an die Hand, der völlig überwältigt von der großen, gläsernen Seilbahn war, die von oben auf uns zuschwebte.

»Mama, meine Füße sind weg.« Luis lachte und zeigte nach unten, seine Stiefel waren im Schnee verschwunden.

Ich atmete die kalte, klare Winterluft ein und bewunderte die Aussicht. Ich war überwältigt von der Natur. Und dennoch hatte ich ein mulmiges Gefühl, wenn ich daran dachte, mit der Seilbahn auf 3000 Meter Höhe zu schweben.

»Mami, es sieht aus wie ein Ufo.«

Marc lachte los. Unser Sohn hatte es perfekt beschrieben. Ein Ufo der modernen Zeit.

Während Luis versuchte, seine Füße auszugraben, wandte ich mich Marc zu. »Ich finde, von hier unten sieht die Zugspitze gar nicht so hoch aus. Oder würdest du sie auf dreitausend Meter Höhe schätzen?«

»Vom Gipfel aus wirst du wahrscheinlich eine andere Meinung haben.« Er konnte Recht haben. Im Schwimmbad wirkte das dreier Sprungbrett von unten nicht so hoch wie auf dem Brett in drei Meter Höhe.

»Was meinst du, Luis, möchtest du den Wolken ganz nah sein?«

»Mama, werden wir mit dem Ufo fliegen?«

»Nein, mit der architektonischen Meisterleistung«, antwortete Marc.

Er widerte mich an. Ich hatte mir diesen Tag anders vorgestellt. Es war mein größter Traum auf die Zugspitze zu fahren, mit ihm an meiner Seite.

Aber es brachte mir nichts, zu schmollen und in Trauer zu versinken. Dann hätte er gewonnen. Ich konnte das Geschehene nicht rückgängig machen. Ich musste versuchen, das Beste aus diesem Ausflug zu machen. Ich hatte keine andere Wahl.

»Hast du die Tickets?«, fragte mich Marc, als wir am Einlass zur Seilbahn standen.

Ich bemerkte, dass ich meinen Rucksack hatte im Auto liegen lassen. »Oh nein, Mist. Mein Rucksack ist noch im Kofferraum.«

Er übergab mir die Autoschlüssel und ich eilte zurück zum Parkplatz. Ihn ein paar Minuten nicht sehen zu müssen, würde mir guttun.

Auf dem Parkplatz angekommen, hörte ich eine Frau in meinem Alter mit ihrem Mann streiten. »Der Preis ist gesalzen. Nur weil die Seilbahn neu ist, heißt das nicht, dass man so viel Geld dafür verlangen muss.«

»Ja, aber wir haben Glück mit dem Wetter. Denk an die Aussicht, die uns dort oben erwartet.«

»Lieber laufe ich diesen Berg zehn Stunden hoch, anstatt so viel Geld dafür zu zahlen.« Er setzte sich durch und stampfte wütend davon.

Sie zog ein Gesicht wie sieben Tage Regenwetter und lief ihm hinterher.

Eure Sorgen hätte ich gerne. Ich seufzte.

Ich öffnete den Kofferraum und griff nach meinem Rucksack, der hinter unserem Koffer versteckt lag. Ich zog ihn hervor. Außer ein paar Salzstangenkrümel war in der Innentasche nichts zu finden. Ich suchte die äußeren Fächer ab. Statt den Karten zog ich den Brief heraus, den ich klein gefaltet hineingestopft hatte. Wieso hatte ich ihn nicht vernichtet? In Ehrwald gelassen? Weggeschmissen? Meine Hand zitterte.

Mein Blick suchte nach Marc. Am Eingang standen sie nicht mehr, ich hatte also noch einen kurzen Moment Zeit, um wieder runterzukommen, mich zu beruhigen. Ich spürte, wie sich meine geschlossenen Augen mit Tränen füllten. Ich schluckte.

Okay, Maddy. Du bist stark! Auch wenn er dich betrogen hat, liebt er dich, das weißt du. Ich legte meine Hand auf meine Brust. Der Wind gab mir eine harte Ohrfeige. Meine Gedanken waren bei Luis. Er brauchte uns beide. Mama und Papa. Ich konnte ihm seinen Vater nicht wegnehmen, den er so liebte.

Es wird einen Grund gegeben haben, wieso Marc unserer Familie das angetan hatte. Vielleicht würde ich durch den Brief noch etwas rausbekommen.

»Ich werde den Brief jetzt weiterlesen und ihn dann für immer verschwinden lassen«, flüsterte ich. Danach würde ich ihn zerreißen und vom Gipfel herunterregnen lassen. Für einen Neuanfang. Jede Ehe durchlebt schwierige Zeiten.

Ich schlug die Kofferraumklappe zu, so fest wie ich konnte. All meine Wut ließ ich daran aus. Dann lief ich zur Fahrertür und setzte mich hinein. Ich hielt einen kurzen Moment inne und faltete dann den Brief auseinander.

Ich war immer für dich da. Maddy nicht.

Ich habe deine Hand gehalten, mit dir zusammen geweint.

Ich habe deine Hand gehalten, mit dir zusammen geschrien. Sie bleibt in unserem Herzen, in unseren Erinnerungen und Gedanken. Doch sie wird nie mehr zurückkehren.

Dieser Satz verpasste mir einen Schlag in die Magengrube.

Du hast Luis und mich. Und wir brauchen dich. Du gibst dir bis heute die Schuld an ihrem Tod, doch du hättest nichts tun können.

176

Ich zitterte am ganzen Körper, mir wurde kalt und warm zugleich.

Du kannst dein Herz und deine Seele nicht weiter geschlossen halten. Wir stehen das gemeinsam durch. Ich liebe dich.

Wovon sprach sie? Wer war gestorben?

Mir wurde abermals schlagartig schlecht, sodass ich die Tür aufriss, mich zur Seite beugte und mich übergab.

Mein Gesicht glühte. Ich richtete mich wieder auf. Griff nach der Wasserflasche, die auf dem Boden lag, und spülte meinen Mund aus.

Ich sah Marc mit Luis vor dem Eingang stehen und nach mir suchend umherblicken. Was sollte ich jetzt tun? All die offenen Fragen ignorieren? Den Brief zerreißen und wegschmeißen? Ich konnte es nicht. Ich wollte Antworten.

Ich sah, wie Marc sein Handy an sein Ohr hielt.

Schnell warf ich einen Blick auf meine Uhr. Wir hatten 14:30 Uhr. Um 15 Uhr wollten wir die Seilbahn nehmen.

»Bitte, lieber Gott, lass das alles ein Ende haben. Ich habe langsam keine Kraft mehr«, wimmerte ich, bevor ich mich zurück zu ihnen machte. »Okay, Maddy. Versuche es zu verdrängen! Heute Abend bist du wieder zu Hause. Du schaffst das. Du bist stark!«

Ich blickte hoch in den Himmel. Ein dichter, dunkler Dunstschleier lag in der Luft.

Kapitel 24

»Das ist die größte und coolste überdachte Haltestelle, in der ich je saß.« Marc kam nicht aus dem Staunen heraus.

Zehn Minuten warteten wir schon auf den Einlass zur Seilbahn. Ich stemmte die Hände in die Seiten und schaute aus dem Fenster auf den wunderschönen Eibsee.

Die Schneeflocken tanzten langsam herunter und vereinten sich. Den Schnee zu beobachten, beruhigte mich.

Wie lange ich es noch schaffen würde innezuhalten, ihn nicht anzuschreien, ihn nicht zur Rede zu stellen. Ich bewunderte meine Ruhe.

Ich hatte unserem Vater versprochen, dass ich auf Linda aufpassen und sie beschützen würde. Doch wer hätte damit gerechnet, dass sie mir irgendwann so in den Rücken fallen würde.

»Mami?« Luis drückte Mr. Hopp fest an sich und schaute auf den Boden. Seine Mütze hing seitlich an seinem Kopf herunter.

»Ja, mein Schatz? Bist du schon aufgeregt?«

»Ich möchte nicht mitfahren.«

»Hast du etwa Angst vor dem Ufo?«, fragte ich ihn liebevoll.

»Ich möchte da nicht einsteigen. Ich möchte nach Hause.«

Ich zog ihn näher zu mir. »Du brauchst keine Angst haben, wir sind doch bei dir. Es ist wie eine Fahrt mit der Straßenbahn.«

»Nein, ist es nicht. Ich möchte nicht mitkommen.« Luis zog wütend die Augenbrauen zusammen.

Ich schaute Marc besorgt an.

Auch er war stiller als sonst, seitdem wir hier waren. Vielleicht hatte er ebenfalls Angst. »Versuch ihn nicht zu überreden, wenn er nicht möchte«, sagte er in einem strengen Ton.

»Was soll das denn jetzt?« Ich schüttelte den Kopf.

Er war kalt und schaute an mir vorbei.

»Luis, möchtest du es dir noch einmal überlegen?«

»Nein, ich will bei Papa bleiben.«

»Was hast du ihm erzählt?«, stellte ich Marc zur Rede.

»Gar nichts. Fahr doch einfach alleine.«

Wenn wir zurück in Mainz waren, würde ich ihn samt seinen Sachen rausschmeißen. Ich ertrug ihn nicht mehr. *Maddy, beruhig dich wieder, sonst artet das aus.* Ich atmete laut aus. »Es ist doch viel schöner, wenn wir uns gemeinsam die Aussicht anschauen und einen leckeren Kakao trinken. Was meinst du Luis?« Ich stupste ihn an.

»Nein, ich will nicht.« Er schüttelte mehrmals den Kopf. »Ich möchte nicht! Nein, nein, nein.«

Die Blicke der Leute, die in dem Moment auf uns gerichtet waren, waren vorwurfsvoll.

Ich schaute erneut zu Marc, der nervös an seinen Fingernägeln zupfte.

»Ich bleibe bei Luis. Wir warten hier unten auf dich, ja?« sagte Marc und nahm mich in den Arm.

»Jetzt verstehe ich echt gar nichts mehr«, antwortete ich und gab Luis noch einen Kuss auf den Kopf.

Kapitel 25

Dichtes Gedränge vor dem Einlass zur Seilbahn. Zwei gleichaltrige Kinder, ein Junge und ein Mädchen mit Grübchen an den Wangen, standen neben mir und konnten sich nicht einigen, wer zuerst die Gondel betreten durfte.

»Ene, mene, muh und raus bist du.« Ein Abzählreim, den auch Luis gerne verwendete. In dem Moment bereute ich es, nicht hartnäckig geblieben zu sein. Luis hätte die Fahrt mit der Seilbahn genossen.

Ich senkte meinen Blick zu meiner Hand und betrachtete meinen Ehering. Der Diamant funkelte nicht mehr wie am Anfang. Er spiegelte unsere Ehe wider.

Wieso war mir dieser Vertrauensbruch nicht aufgefallen? Spätestens an den Abenden, an denen er stundenlang bei seinem Kollegen gewesen war. Ich wurde erneut von Zorn gepackt. Ein letztes Mal drehte ich mich um, sah zu Marc herüber. Seine Schultern hingen herab. Er griff in seine Hosentasche, holte sein Handy heraus, tippte darauf rum.

Die ersten Wintersportler, mit Skiern und Snowboard bepackt, stiegen ein, dicht gefolgt von einer italienisch sprechenden Touristengruppe.

Die Frau vor mir blickte von ihrer Eintrittskarte auf und hustete mehrmals in ihre Armbeuge. Ihre Haut war blass, um die Nase herum feuerrot.

Ungern wollte ich die gesamte Fahrt lang neben ihr stehen, denn ich war anfällig für Erkältungen. Seitlich schob ich mich deshalb an ihr vorbei und bemerkte, dass sie nicht allzu glücklich über mein Vordrängeln war.

Die Türen der Seilbahn öffneten sich.

Im Gegensatz zu dem großzügigen Eingangs- und Wartebereich, der einem modernen Museum glich, wirkte die Seilbahn nicht mehr so überdimensional wie auf den ersten Blick.

Der Gedanke, dass ich mit all den Menschen, die vor mir anstanden, zusammen in die Höhe schweben würde, ließ meinen Atem beschleunigen. Ob der Sauerstoff für uns alle ausreichen würde? Wir hatten uns einen ungünstigen Zeitpunkt für diesen Ausflug ausgesucht.

Neben mir stand jetzt ein großer Mann, Mitte vierzig. Ich blinzelte kurz unauffällig zu ihm hoch, er hatte eine breite Nase und einen Dreitagebart. Er sah zu mir herunter und lächelte. Nervös tippte er mit seinem kräftigen Zeigefinger an die Stange, an der er sich festhielt.

Langsam wurde mir heiß. Ich lockerte den Kragen meiner Jacke. Ich konnte mich nicht daran erinnern, wann ich zuletzt mit so vielen Menschen auf engstem Raum gestanden hatte.

Kann es nicht endlich losgehen? Ich schob meinen Ärmel zurück, um einen Blick auf meine Armbanduhr zu werfen. Zehn Minuten waren vergangen. Zehn lange Minuten, die sich wie dreißig angefühlt hatten.

Ich schaute an dem Mann vorbei und sah ein Paar, das sich köstlich über einen Witz amüsierte, den ein kleiner Junge herausposaunt hatte. Eine Frau, die direkt am bodentiefen Fenster stand, versuchte zu telefonieren.

Die vielen unterschiedlichen Geräusche überforderten mich, riefen in mir Unruhe vor. Normalerweise war ich nicht so geräuschempfindlich.

Die Seilbahn ruckelte und setzte sich in Bewegung.

Na endlich, dachte ich. Unter meinen Füßen sah ich den großen Parkplatz. Kantige Felsbrocken, perfekt aneinandergereiht, dienten als Abgrenzung der Parkflächen.

Ein kleines Mädchen, mit einer bunt geringelten Wollmütze und einer roten Winterjacke, tippte mir auf meinen Oberschenkel.

Ich schaute sie fragend an.

»Du hast Angst, oder?«, fragte sie mich.

Ich lachte sie an. »Nein, ich bin doch schon groß.«

Sie drehte sich mit einem Lächeln zurück zu ihrem Vater.

Die Seilbahn vibrierte im nächsten Moment so sehr, dass ich mich festhalten musste, bevor ich gegen den großen Mann neben mir kippte. Ich dachte an die Beschreibung aus dem Flyer: *Es erwartet Sie eine ruhige, nahezu lautlose Fahrt.*

Mit offenem Mund und aufgerissenen Augen starrte ich nach oben zum Gipfel. Noch nie war ich den Wolken so nah gewesen wie in diesem Moment. Ich schaute hinunter. Einen Absturz aus dieser Höhe würde man nicht überleben. Meine Beine fühlten sich puddingweich an.

Wir überquerten einen Mast. Es ruckelte so stark, dass ich aus Versehen die Finger des Mannes statt der Stange umgriff. Peinlich berührt zog ich meine Hand weg und platzierte sie fünf Zentimeter darunter.

Der Wald unter uns verdichtete sich, alles wirkte malerisch. Dennoch schweiften meine Gedanken ins Negative ab. Wie würde es sein, wenn hier mal ein heftiger Schneesturm sein Unwesen trieb und Bergsteiger in die Tiefe stürzen ließ? Oder sogar die Seilbahn in den Abgrund herunterriss? Mit zunehmender Höhe wurde die Luft dünner. Auch in der Kabine. Ich wusste, dass man in dreitausend Meter Höhe vierzig Prozent weniger Sauerstoff zum Atmen hatte.

Durch die Geräuschkulisse in der Gondel konnte ich meine eigenen Gedanken kaum hören. Die erkältete Frau, die ständig hustete, die Kinder, die lachten, stritten und weinten. Erwachsene, die sich in verschiedenen Sprachen gleichzeitig unterhielten.

Ich hatte das Gefühl, der freundliche, große Mann hinter mir würde mir mit seiner kräftigen Hand die

Kehle zudrücken. Ich versuchte, ruhig zu atmen. Es klappte nicht. Ich bekam keine Luft.

Plötzlich erschien mir der Berg mächtiger. Ich hatte ein ungutes Bauchgefühl. Wir würden stecken bleiben oder abstürzen. Ich hörte den Wind pfeifen, der die Seilbahn zum Schaukeln brachte. Mein Hals schnürte sich immer fester zu und ich sackte zusammen. Schweißperlen bildeten sich auf meiner Stirn, während ich versuchte, den Reißverschluss meiner Jacke zu öffnen. Fühlte sich so Todesangst an?

Ich werde sterben. Ich werde sterben. Ich suchte die Kabine nach einem Fenster ab, das sich öffnen ließ. Erfolglos.

Maddy, du musst dich beruhigen, alles wird gut. Mein Herz schlug immer schneller und ich spürte einen unbändigen Druck auf der Brust. Fühlte sich so ein Herzinfarkt an?

Dann wurde mir schwindelig und ich sah nur noch schwarz.

»Hallo? Hallo? Hören Sie mich? Hallo, geht es Ihnen gut?« Ich hörte Stimmen, weit weg von mir. »Ich kriege keine Luft mehr«, flüsterte ich, ohne zu wissen, ob ich es wirklich aussprach. Ich spürte eine Hand auf meiner Schulter, bevor ich dann das Bewusstsein verlor.

Kapitel 26

Ich spürte einen kalten Luftzug an meinem Rücken. Meine Jacke war hochgerutscht, mein Steißbein lag frei. Mit leicht geöffneten Augen sah ich mich um. Meine Umgebung war wie verschleiert, als würde ich durch eine dunkle, dreckige Sonnenbrille schauen.

»Gehen Sie bitte zur Seite.« Jemand beugte sich zu mir herunter.

»Geht es Ihnen gut? Hier, trinken Sie einen Schluck Wasser.« Sie reichte mir eine Flasche. Ich lehnte ab, indem ich den Kopf schüttelte.

»Wir sind da, ich helfe Ihnen gleich raus. Soll ich jemandem Bescheid geben? Vielleicht gibt es hier oben einen Sanitäter oder so.«

Ich stützte mich auf den Boden ab und versuchte aufzustehen.

»Bleiben Sie bitte noch ein wenig sitzen, bis alle anderen ausgestiegen sind«, ermahnte sie mich.

Ich traute mich nicht aufzuschauen, ich spürte, dass die meisten Blicke auf mich gerichtet waren. »Mir geht es gut. Es ist alles in Ordnung. Danke für Ihre Hilfe.«

Sie reichte mir ihre Hand und zog mich sacht auf die Beine.

»Ich helfe Ihnen gleich raus oder Sie fahren direkt wieder runter.«

»Nein, mir geht es gut, ehrlich.« Ich zupfte meine Jacke zurecht und klemmte meine Haarsträhnen, die mir ins Gesicht gefallen waren, hinter die Ohren.

»Haben Sie öfters Panikattacken?«

»Ähm…«, stotterte ich, »nicht dass ich wüsste.«

Sie nickte verständnisvoll, bevor sie sich von mir abwandt. Ich war die Letzte, die die Seilbahn verließ. Ich setzte einen Schritt heraus und sah die mitleidigen Blicke der anderen vor mir. Ich sollte mich erst einmal hinsetzen und mich kurz sammeln. Ich beschloss, mir eine Ecke zu suchen, in der ich ungestört sein konnte. Wenigstens für einen kurzen Moment. Weg von all dem, was die letzten Tage passiert war. Angefangen bei dem Streit mit meiner Schwiegermutter, dem Brief von der Psychiatrie, bis hin zu meinem Wutanfall im Atelier. Dazu kam die Nachricht, dass mein Mann mich über Monate betrogen hatte und auch noch ein Kind mit meiner Schwester erwartete.

Tränen schossen in meine Augen. Ich presste meine Lippen so fest aufeinander, dass es weh tat. Obwohl er mich zutiefst verletzt hatte, wusste ich im Herzen, dass er mich liebte. Ich musste mit Linda und Marc sprechen. Die Sache klären, eine Lösung finden. Wir waren eine Familie und Marc hatte mir oft genug bewiesen, dass er mit mir durch dick und dünn gehen würde. Dass ich ihm vertrauen konnte.

Draußen war es nebelig.

Es waren zwanzig Minuten seit der Abfahrt vergangen. Ich hatte das Gefühl, über Stunden in der engen Kabine gefangen gewesen zu sein.

Ich folgte der nächsten Reisegruppe nach oben ins Restaurant. Hier würde ich mir einen ruhigen Platz suchen. Ich setzte mich an eine Tischecke am Ende des Lokals, mit Blick auf den höchsten Punkt des Gipfels. Dem Gipfelkreuz. Ich hatte es schon oft auf Fotos gesehen. Auf Pinterest und Instagram. Und nun saß ich hier. Alleine. Ohne Marc und Luis.

Der Reißverschluss meines Rucksackes ließ sich schwer öffnen. Ein Stück Stoff war versehentlich eingeklemmt. Ich zog so fest daran, dass mein Daumen schmerzte und der Verschluss einen roten Abdruck darauf hinterließ. Ich holte das Buch heraus, das mir Fred gegeben hatte. Hier drin lag der Abschiedsbrief von Linda. Ich schlug das Buch auf und zog den Brief aus meiner Tasche, um ihn wieder zwischen die Seiten zu stecken. Dabei flatterte ein weiteres Stück Papier heraus und fiel zu Boden. Ich schob den Stuhl zurück und beugte mich hinunter, um es aufzuheben. Als ich es umdrehte, um die Rückseite zu betrachten, traf mich ein Blitz. Ein Blitz, der durch meinen Körper fuhr und mich explodieren ließ. Ich spürte nur noch meinen Kopf, der Rest meines Körpers war wie gelähmt.

Ich umgriff mit beiden zittrigen Händen das Foto.

Mein Mädchen.

Eine Träne lief mein stockstarres Gesicht entlang. Von einer zweiten und dritten gefolgt.

»Nein ... Nein ... Nein ...« Ich schnappte nach Luft, mir wurde erneut schwarz vor Augen. Verkrampft hielt ich meine Hand vor meinen Mund, um nicht loszuschreien.

Diese engelsgleichen, brünetten Locken, die ihr sanft auf die Schultern fielen, dieses Lächeln, die leuchtenden, braunen Kulleraugen.

»Emma ... meine kleine Emma«, wimmerte ich. »Wie konnte ich dich vergessen«, wiederholte ich immer wieder und schaute hoch in den Himmel. Ich schluchzte und weinte. Versank in meiner Trauer. Es fühlte sich an, als wäre der Unfall erst vor kurzem gewesen. Ich schrie. Es war ein lauter, stummer Hilfeschrei. Ich konnte meinen Blick nicht mehr von ihr abwenden. »Ich habe dich verloren, nicht auf dich aufgepasst. Ich habe dich umgebracht.« Ich schloss die Augen fest zu. »Wie konnte das passieren? Wie konnte dieser Unfall geschehen?«

Ich erinnerte mich wieder an meine Tochter. An den schrecklichen Unfall. Die schlimme Szene spielte sich in Dauerschleife in meinem Gedächtnis ab.

Es hatte an dem Abend stundenlang geregnet. Wir hatten eine Freundin besucht und wir waren auf dem Heimweg zurück zu Marc und Luis gewesen. Luis, ihr älterer Bruder, war selbst noch sehr klein gewesen. Drei

Jahre alt. Und im Gegensatz zu mir, konnte er sich an sie erinnern. Er erwähnte ihren Namen so oft. Beim Italiener, in seinem Zimmer und in seinen Träumen. Doch ihr Name war mir fremd gewesen. Ich erinnerte mich an jedes einzelne seiner Worte. Ich hatte ihn nicht ernst genommen. Wieso hatte ich dabei nichts empfunden?

Ich bin eine Rabenmutter. Kein Wunder, dass Marc mich betrügt!

Kapitel 27

Ein junger Kellner kam in zügigen Schritten auf mich zu. »Ist alles in Ordnung?« Er reichte mir Taschentücher.

Hinter ihm kam auch schon Linda geeilt. »Ich kümmere mich um sie, danke! Sie können gehen.«

Ihre Hand berührte meine Schulter.

Meine Augen waren angeschwollen und brannten wie Feuer.

»Oh Maddy, du bist ja kreidebleich.« Sie sah auf das Foto vor mir. »Oh nein! Ich weiß, was du gerade fühlst. Ich bin für dich da.«

»Wie konntest du mir das antun?«, fragte ich sie mit zittriger Stimme.

Ihr Mund stand offen. »Maddy ...«, stammelte sie. Sie hielt mit ihrer linken Hand ihren Bauch fest, mit der rechten stützte sie sich an dem Stuhl ab. »Ich werde dir alles erklären.«

»Ach, eigentlich ist es mir jetzt egal, ich will nur mein Baby zurück«, sagte ich und fing erneut an zu weinen. »Ich vermisse sie so sehr, Linda. Ich will meine Emma wieder bei mir haben«.

»Ich weiß es doch, Maddy. Du kannst nichts dafür. Du musst dich beruhigen«, sagte sie und ihr Blick fiel auf das Buch auf dem Tisch. Sie wischte sich ihre Tränen aus dem Gesicht. »Ich hole uns etwas zu trinken, dann sprechen wir, okay?«

Ich hatte mich noch nie in meinem Leben so traurig gefühlt. So traurig und gleichzeitig so leer.

Mein Blick schweifte hinüber zum Gipfelkreuz. Ich dachte an sie. Meine Emma. Ich sah sie vor meinem inneren Auge. An ihrem zweiten Geburtstag. Sie hatte ein rosa Kleid an und zwei Zöpfe. Sprang mit ihrem Bruder im Kreis und war glücklich wie nie. Sie lachte und zeigte immer wieder zu den Luftballons, die ich in der Nacht zuvor alle einzeln an der Decke befestigt hatte. Auch Luis liebte seine kleine Schwester, beschützte sie und war nie eifersüchtig. Sie spielten zusammen, schauten sich gemeinsam Bücher an und bauten Türme.

Wir waren die perfekte Familie.

Mein Puls wurde ruhiger, auch wenn es mir kein bisschen besser ging.

Linda hatte Tee geholt und sah mich traurig und emphatisch zugleich an.

Ich kniff mir in den Arm. So langsam realisierte ich die Situation. Was machte sie hier oben? Auf der Bergstation? Auf der Zugspitze? War sie uns gefolgt?

»Was tust du hier, Linda? Wieso bist du nicht nach Hause gefahren?«, fragte ich sie mit fester Stimme.

Sie schaute an mir vorbei. Hinaus auf den Gipfel.

»Linda? Was machst du hier?«

»Marc hat mich gerufen«, sagte sie leise, kaum hörbar.

»Er hat sich wieder Sorgen gemacht, habe ich recht?«
Zornig schaute ich sie an.

»Maddy …«

Ich schüttelte enttäuscht den Kopf. Am liebsten hätte ich geschrien und ihr eine Ohrfeige verpasst.

»Darf ich dir bitte alles erklären?«

Ich schaute zu Boden. Wartete, dass sie endlich sprach. Ich versuchte mir einzureden, dass das ein böser Albtraum war.

»Maddy, lass mich bitte aussprechen. Gib mir diese Chance.

»Du hast nach dem Unfall mit Emma im Koma gelegen, vier Wochen lang. Und bist mit einer Amnesie aufgewacht. Wir haben alles dafür getan, um dir zu helfen. Haben dir Fotos und Videos gezeigt aber du hast jegliche Erinnerungen an Emma verloren. Wir haben es sehr lange versucht. Mit Therapeuten, mit Ärzten. Wir hatten keine Kraft mehr und beschlossen gemeinsam, dass wir dich damit nicht weiter belasten möchten. Dass wir die Therapie vorerst abbrechen wollten, um dir ein normales Leben zu ermöglichen.

Wir waren dennoch dankbar, dass wir dir nicht fremd waren. Es war eine harte Zeit.«

Ich schüttelte verständnislos den Kopf. »Du hättest es trotzdem nicht ausnutzen müssen. Meine Familie zerstören müssen«, schluchzte ich, hob meinen Kopf und schaute sie vorwurfsvoll an. »Und wie habt ihr das

Luis erklärt?«, fragte ich mit zittriger Stimme, während meine Augen sich erneut füllten.

Ein Schweißfilm schimmerte auf ihrer Oberlippe. »Maddy…«, setzte sie an.

Doch ich stand auf, stellte mich vor sie und verpasste ihr eine Schelle. »Was habt ihr Luis erzählt? Habt ihr auch bei ihm so getan, als hätte es Emma nie gegeben?«, schrie ich.

»Nein, Maddy, so war es nicht! Wir haben ihm die Wahrheit gesagt. Dass seine Mami krank ist und sich nie mehr an Emma erinnern wird,« antwortete sie und ließ sich weinend auf den Stuhl fallen. »Es tut mir so unendlich leid, Maddy.«

»Du bist eine schreckliche Person. Unser Vater hätte dir niemals verziehen, was du mir und meiner Familie angetan hast.«

Sie blickte auf ihre Hände hinab, die sie verschränkt hatte und aneinander rieb.

»Ich wollte für dich da sein. Dich mit deinen Anfällen nicht alleine lassen.«

»Was denn für Anfälle?«, fauchte ich sie an. Der Zorn in mir lodert so sehr, dass ich ihr am liebsten noch eine verpassen wollte. »Jetzt sag! Was meinst du?«

»Bitte setz dich hin, die Leute schauen schon.«

»Spann mich nicht auf die Folter, Linda!«

Sie zeigte auf den Platz gegenüber. »Bitte, Maddy.«

Ich setzte mich.

»Weißt du, warum ich Psychologie studiere?«, fragte sie mich im ernsten Ton.

»Willst du mich eigentlich verarschen?« Ich konnte es nicht fassen, dass sie mit ihrem Studium ablenken wollte.

»Weil ich bis heute nicht verkraftet habe, was unserer Mutter zugestoßen ist. Ich habe es nie verstanden. Erst seit deinem Unfall und deinen Anfällen kann ich alles zusammenschließen. Ich habe endlich eine Erklärung.«

Ich schüttelte verwirrt den Kopf.

»Du hast ähnliche Symptome wie Mama.« Sie pausierte. »Kannst du dich noch daran erinnern, wie sie am Klavier saß und uns etwas Wunderschönes vorspielte? Wie sie im nächsten Moment aus dem Nichts losschrie und alles um sich warf, mit dem Hocker auf die Tasten einschlug?« Sie atmete aus. »Ich hatte furchtbare Angst.« Sie pausierte erneut. »Und kannst du dich daran erinnern, dass sie immer wieder von Menschen sprach, die sie angeblich verfolgten, sie beobachteten?«

»Was hat das alles mit mir zu tun, Linda?«

»Maddy, als wir vor Weihnachten telefoniert haben und du mir geschildert hast, dass ein Kind mit seiner Mutter aus der Seilbahn verschwunden ist, habe ich dir geglaubt.«

»Wieso solltest du es auch nicht glauben? Denkst du, ich erfinde so etwas?«

»Marc hat mir erzählt, dass du dich immer mehr hineingesteigert hast.«

»So ein Arschloch«, kommentierte ich.

»Ich habe danach recherchiert.« Sie stockte. Schluckte. »Maddy, du hast wie Mama eine paranoide Schizophrenie.«

Ich zog meine Augenbrauen zusammen und lachte krampfhaft los, dass ich mir in diesem Moment selbst wie eine Verrückte vorkam. »Du spinnst! Versuchst du davon abzulenken, dass du mit meinem Mann vögelst?« Ich schmiss die Tasse Tee um.

»Ich ertrage dich nicht mehr, Linda. Verschwinde aus meinem Leben!« Mein Herz schmerzte. Und schon wieder flossen Tränen. *Du wirst niemals erwachsen werden.*

Sie beugte sich herüber und wollte meine Hand nehmen, die ich aber hastig wegzog.

»Ich möchte keine Geheimnisse mehr haben, Maddy.«

»Jetzt halte deinen verdammten Mund«, schrie ich.

»Marc war am Boden zerstört. Er fiel in ein Loch und konnte nicht mit dir sprechen. Er hatte nur mich.«

»Linda, sei ruhig! Ich will nichts mehr hören!«

»Es war nicht geplant, dass wir uns verlieben. Bitte verzeih mir«, flüsterte sie.

Ich hielt es nicht mehr aus. Wütend schob ich den Stuhl zurück und sprang auf.

»Bitte setz dich wieder hin, Maddy«, flehte sie.

»Ich kann nicht mehr Linda. Ich hasse dich, du bist für mich gestorben!« Ich rannte los.

Mein größter Traum, einmal auf der Zugspitze zu sein, war zu meinem größten Albtraum geworden.

Kapitel 28

Ich spürte das Adrenalin in jeder Zelle meines Körpers. Ich musste an die frische Luft. Die Treppen zur Gipfelterrasse wollten kein Ende nehmen.

Schweißgebadet stand ich schließlich oben, über den Wolken. Und erfüllte mir meinen Wunsch zum unpassendsten Moment meines Lebens.

Die Gipfelspitzen wurden vom Nebel verschluckt.

»Lieber Gott, was habe ich dir getan, dass du mich so bestrafst?« Lange hatte ich mich nicht mehr so traurig, einsam und verloren gefühlt wie damals, nachdem meine Mutter uns verlassen hatte. Und ich hatte es nie geschafft, wieder eine richtige Beziehung zu ihr aufzubauen. Ich hatte neben Marc nur Linda als Bezugsperson, als Vertraute.

Wie konntet ihr mir das antun, statt mir beizustehen? Warum habt ihr so ein falsches Spiel hinter meinem Rücken gespielt?

Er hätte mit mir sprechen können, mich aufklären können. Wieso konnte das Leben nicht ablaufen wie bei *50 erste Dates* mit Adam Sandler? Der seine an Amnesie erkrankte Freundin jeden Tag aufs Neue von sich überzeugen musste.

Ich wischte mir meine Tränen weg, schloss einen Moment die Augen und sah dann hinüber zum Gipfelkreuz, das langsam im Nebel verschwand.

Was ich im nächsten Moment sah, ließ mein Herz stehen.

Mit offenem Mund blickte ich erneut zum Kreuz.

Ich traute meinen Augen nicht.

Ich schloss sie.

Ich öffnete sie.

Das konnte nicht sein. *Wie ist das möglich?* War das eine religiöse Symbolik? Oder träumte ich?

Braune lockige Haare wehten im Wind.

Große Augen schauten mich freundlich an. Sie sah zu mir herüber. Sie lächelte. Sie war so klein, hielt sich mit ihrer zarten Hand am Gipfelkreuz fest.

»Mama.«

»Emma«, flüsterte ich. *Es ist nur ein Traum, Maddy.*

»Emma?« Die silberne Haarspange funkelte im düsteren Nebel. Die hatte sie zu Weihnachten bekommen. Und auch das Kleid hatte sie an ihrem zweiten Weihnachten getragen. An ihrem letzten. Vor ihrem Tod. *Es ist kein Traum, ich höre und sehe dich. Emma, mein kleiner Engel.*

Sie winkte erneut nach mir.

»Halte dich fest, mein Liebling. Ich komme zu dir. Halte dich fest«, rief ich hinüber und zitterte am ganzen Körper.

Meine geliebte Emma. Dass ich mich heute wieder an sie erinnern und sie dann hier oben treffen würde, war ein Zeichen.

Ich wusste, dass ich zu ihr musste. Dass ich sie dieses Mal retten musste. Ich klammerte mich an das Gerüst fest, schwang das rechte Bein darüber, um auf die andere Seite zu klettern. Ich blickte hinunter in den Abgrund und schauderte. *Ich werde es schaffen!*

»EMMA! Halte dich fest, Liebling. Ich komme.«

Doch im nächsten Moment spürte ich zwei starke Hände an meinen Schultern, die mich packten. Ich hörte einen Schrei, weit weg. Dann wurde ich hochgehoben und nach hinten gezogen, bis ich einen dumpfen Aufprall am Hinterkopf spürte.

Emma, ich werde immer bei dir sein.

Kapitel 29

Ein Jahr später

Ich lege meine Füße auf den Tisch. Luis würde ich dafür ermahnen. Ich blicke zu dem Hirsch-Bild, das ich über dem geschmückten Kamin aufgehängt habe.

Der Mann ist begabt. Und ich dankbar dafür, dass ich einen Menschen wie ihn kennenlernen durfte.

Vor zwei Tagen kam sein Paket an. Völlig unerwartet. Er hatte einen wunderschönen Hirsch gemalt. Sein Geweih ragte majestätisch empor. Mystisch und gleichzeitig romantisch. Eine Postkarte mit einem kurzen Gruß aus Ehrwald lag auch bei.

Der Hirsch ist ein Krafttier.

Er besitzt Stolz und steht für Stärke, Neubeginn und Wiederkehr.

Ich wünsche dir alles Gute, Madeline!

Gruß Fred

Seine Worte haben mich sehr berührt.

Ich nehme einen Schluck Kaffee, als ich unsere Haustür laut ins Schloss fallen höre und zusammenschrecke. Wie jedes Mal, wenn Marc nach Hause kommt.

Marc steckt seinen Kopf durch die Wohnzimmertür, lächelt mich an. »Tut mir leid, ich wollte die Tür nicht mehr so zuknallen.« Er kommt auf mich zu und gibt mir einen zärtlichen Kuss auf die Wange. »Wie war dein Tag?«

Ich blicke zu ihm auf. »Gut. Sehr gut sogar.«

Wir hatten uns wieder gefunden. Auch die Liebe, und das Vertrauen zueinander.

Mein Therapeut half mir, nicht nur meine Anfälle in den Griff zu bekommen, sondern auch an meiner Ehe zu arbeiten.

Marc setzt sich neben mich und nimmt einen Schluck aus meiner Kaffeetasse. »Kommt deine Mutter über Weihnachten?«

Ich nicke. »Ja, wir haben erst vorhin telefoniert. Sie kann es kaum abwarten, Luis wieder zu sehen.«

Nachdem meine Mutter durch Linda erfahren hatte, dass auch ich an derselben Krankheit leide wie sie, verbesserte sich unsere Beziehung zueinander. Wir hatten uns einige Male getroffen. Mit Linda habe ich keinen Kontakt mehr. Wenige Wochen nach unserem Urlaub verlor sie das Baby.

Vielleicht würde ich auch ihr irgendwann verzeihen. Aber es braucht seine Zeit.

»Wieso ein Hirsch?« Marc reißt mich aus meinen Gedanken und zeigt auf das Gemälde.

»Weil er mich symbolisiert.« Ich lächle zufrieden.

Ich bin eine normale Frau, die ihre Kinder liebt, auch wenn ich eins verloren hatte. Ich bin intelligent und emphatisch.

Und ab und an besuchen mich visuelle Halluzinationen, Stimmen und andere merkwürdige Dinge, die ich aber mit den Tabletten und der Therapie super in den Griff bekomme.

»Ich bin ein Hirsch. Stolz, stark und stehe für Neubeginn und Wiederkehr.«

Ich danke Dir für alles, Fred.

Herzlichen Dank, lieber Leser.

Ich hoffe, mein Debütroman hat dir gefallen.

Ich danke meinem Mann für seine Geduld, seine Nerven und seine Ausdauer, mich an Tagen der Verzweiflung und Schreibblockaden stets mit den Worten zu beruhigen: »Kreative Arbeit ist ein Prozess, leg es weg und setz dich morgen noch einmal dran«.

Danke, liebe Talina Leandro, dass du vorangegangen bist und mich tagtäglich dazu inspiriert hast, diesen Weg bis zur letzten Seite zu verfolgen.

Ein Danke geht auch an meine Mutter, die an mich geglaubt hat und mich schon mit zwölf Jahren dazu ermutigte, irgendwann *mein eigenes* Buch in den Händen zu halten.

Melanie, du warst meine erste Leserin und ich danke dir für all deinen Zuspruch und deine Motivation.

Einen besonderen Dank gebührt Luise Deckert, meine Lektorin, die mit mir zusammen das Beste aus meinem Debüt herausgeholt hat. Es war mir ein großes Vergnügen, mit ihr zusammenzuarbeiten.

Und ich danke Torsten von Buchgewand für das unglaublich tolle Cover!

Lesetipp der Autorin:

JOHANNA:

Neuanfang? Oder der Anfang vom Ende?

Nach der Trennung von ihrem langjährigen Freund Tom, startet Johanna einen Neuanfang. Da sie ihren Lebensunterhalt nicht aus eigener Kraft bestreiten kann, ist sie gezwungen, in einen  Plattenbau zu ziehen. Wohl fühlt sie sich dort nicht. Ihr Nachbar Arthur scheint der einzige Mensch zu sein, der halbwegs in ihre Welt passt. Doch ist er derjenige, für den er sich ausgibt?

ARTHUR:

Sie sind das Gute und das Böse. Engel und Teufel.

Sie können ihn auf den richtigen Weg oder in den Abgrund leiten.

Es ist nicht leicht mit diesen Menschen, mit denen Arthur sich seinen Körper teilt. Die meisten von ihnen kann er nicht einmal ausstehen. Am liebsten würde er sie verbannen, doch er braucht sie.

Er braucht sie, um zu überleben - und um Johanna zu erobern.